竜の加護持ち騎士団長はハズレ持ち令嬢を守りたい

篝　ミ　カ　ゲ

M I K A G E　K A G A R I

JN229365

一迅社文庫アイリス

CONTENTS

リード
アーネストが契約している犬の妖精。少女の姿に変身することもできるため、ラナの専属侍女兼、護衛として活躍中。
アーネスト
ドラグディア公爵家の当主で、帝国の騎士団長。竜の加護持ちであるためか、武力も魔法も優れている青年。堅物で、表情はあまり動かないが、ラナを甘やかしたいと思っている。
竜の加護持ち騎士団長はハズレ持ち令嬢を守りたい
Ryu no kagomochi kishidancho ha hazuremochi reijo wo mamoritai
ラナ
ミーシェ伯爵家の令嬢。ハズレ加護として知られている兎の加護持ち。幼い頃に両親を亡くして以来、叔父夫婦に虐げられて過ごし、人身売買組織に売られてしまった少女。
人物紹介

セドリック
ドラグディア公爵家に仕える執事。年齢に見合わず、きびきびとしている老爺。

アルバルト
ドラグディア公爵家の専属医師。ラナの主治医もしているエルフの老爺。

ライゼルド
ホワイトガルド公爵家の次期当主。帝国の副騎士団長でアーネストの友人。

リンセント
ヨルムンガード公爵家当主で帝国の宰相。蛇の加護持ちであるアーネストの友人。

用語

ヴォラグディア帝国	魔法国家。神の使徒である十二神獣が力を貸したことで建国された国として知られている。
十二神獣家	神に仕える十二の獣が愛する人と結ばれたことで生まれた子孫たちが起こした家。
加護持ち	十二神獣家に現れる存在。加護持ちは特別な力を持つ存在として知られている。
兎の加護	平民でも使える魔法が使えなくなるため、ハズレ加護として知られている。
妖精	嘘が嫌いでいたずら好きな存在として知られている。人前に姿を現すことを嫌う傾向があるらしい。
ミフリー	妖精と人間の間に生まれた子供の総称。妖精の血が濃い者は存在が曖昧なため、人の言葉を話すことはできないらしい。
ドラグディア公爵領	昔から妖精との関りが深いため、ほとんどの妖精が領内で暮らしているらしい。
ドラグディア公爵家の使用人	主に妖精の血が濃いミフリーたちで構成されている。妖精やミフリーの名前は人語では発音できないため、使用人たちが身に着けている花飾りの名前で呼ばれている。

イラストレーション◆三浦ひらく

【序章】

月明かりが窓から冷たくも優しく差し込む、とある夜。少し雲が出ており、時たま月が見えては隠れを繰り返している。あるお屋敷の一室で、一人の母親が自身の娘に絵本を読み聞かせていた。大昔から語り継がれ、寝物語で定番の竜と虎の話。

「悪い人たちは使徒様たちと人々の力によっていなくなり、幸せに暮らしましたとさ。めでたし、めでたし」

「もう一回！」

「今日《きょう》はダメよ。明日《あした》はお祖父《じい》様のところに行くんだから、もう寝なさい」

母親に諭され、毛布を掛け直された娘は「えー」と不満を漏らす。娘にとってこの話は一日中繰り返し読んでいられるほど大好きな話。特に母の読み聞かせが一番好きだった。何時《いつ》もなら読んでくれるはずだが、明日は娘の祖父へ会いに行く日で、早く寝るように言われていた。

「わたし、会ったことあるんだよね？」

「ええ、そうよ。貴女《あなた》が生まれたばかりの頃《ころ》、お祖父様に抱っこしてもらったのよ。何時もは怖～い顔してるのに、貴女にだけはこれでもかってぐらいメロメロなんだから」

覚えていないため実感がないのか、娘はあまり興味が向かないようで「ふ～ん」と言うだけ。

それよりも娘の関心は絵本にあった。

「その絵本、持って寝る！」

「ふふっ。貴女、本当にこの話が好きなのね」

「うん！　大好き！」

絵本を渡されて満面の笑みの娘に、母親は困ったような微笑《ほほえ》ましいような表情を浮かべた。

「じゃあ、そんなラナにいいことを教えてあげる」

母親は椅子《いす》から立ち上がると娘に近づき、その頭を優しく撫《な》でる。

「ラナが、もしこの先、とても怖くて辛《つら》い思いをしても、竜と虎の使徒様がきっと守ってくださるわ」

「えほん、の？」

ベッドの中の暖かさと母の手の温もりにより、娘の瞼《まぶた》が段々と落ちていく。

「ええ。だから、ラナ。……まで……を……は……よ。……、……て、……に……さい」

娘は母親の優しい声を聞きながら、「……う、ん」と返し、静かに夢の世界へと旅立った。

【第一章　救いと観察とカミナリ】

「んん……もう、朝……。……あの後、なんて、言ったん、だろう」

　長らく見ていなかった夢。それがまだ幸せだった頃《ころ》の夢とはなんと皮肉なのだろうと思う。あの時、母が何を言ったのか気になったが、それよりも早く支度をしなければと軋《きし》むベッドから起き上がった。

　ヴォラグディア帝国。世界で最も長い歴史を持っている大国。ラナ・ミーシェはその一角にあるミーシェ領のミーシェ伯爵家の令嬢である。しかし、今やその面影はない。本来なら美しいアイボリーの髪は手入れされず、くすんで傷んでおり、赤紫の瞳《ひとみ》は光を失っている。痩《や》せた体は小さく、十七歳の娘の身長ではなかった。

　ギシギシと鳴る、今にも壊れそうなベッドを下り、服を脱ぐ。体中にある傷が膿《う》んでないかを確認し、比較的清潔であろう布を包帯のように巻き付ける。無理やり切られた不揃《ふぞろ》いな髪は後ろで一つにまとめ、少しでもお腹《なか》を満たすために隠してあった干し肉の欠片《かけら》を食べ、これで朝の支度は終了である。

そして、新たな地獄の一日を過ごすのだ。


ヴォラグディア帝国はヴォラティアス皇帝一族を筆頭に貴族によって統治されている、最も神や使徒たちに対して信仰心が篤《あつ》い、魔法国家。

その昔、酷《ひど》い荒れ野をなんとかしようと立ち上がった一人の青年と仲間がいた。それに感心した一柱の神が自身に仕える十二神獣を使徒として送ったのだ。その後、そこは大変豊かな土地となり、国へと発展した。使徒たちは青年たちが興《おこ》した国で愛する人と出会い結ばれ、子をなした。その結果できたのが、青年を皇帝としたヴォラグディア帝国と十二の公爵家である十二神獣家。誰《だれ》でも知っているこの国の成り立ちだ。

帝国は戦争を良しとせず、皇帝や十二神獣家を含めた皇帝の家臣たちの働きで、大変平和な国。しかし、どんな国であろうと暗い陰は存在していた。

「ラナ！　ラナはどこ⁉」

「……はい、奥様」

「本当にノロマね！　まだ洗濯ができていないとはどういうことだい⁉」

「え、あ、い、今から」

「こんなこともさっさとできないなんて、流石《さすが》はハズレ持ちね！　ただでさえ邪魔なんだから、仕事ぐらいきちんとなさい！」

　そう吐き捨てるように言うと去って行った。足音が聞こえなくなるまで頭を下げ続け、聞こえなくなってからやっと頭を上げる。

「今日《きょう》は、殴ら、れなか、った……」

　まだ機嫌が良かったのか怒られただけで済み、安堵《あんど》した。こんな日々が一体いつ終わるのかは分からないが、こんなことになってしまった時のことは今でもはっきりと覚えている。

　遡《さかのぼ》ること十年前。馬車の事故で両親を亡くし、伯爵家を継いだ叔父夫婦に引き取られた。彼らは最初、とても優しく、ラナに寄り添い、元気付けようとしてくれた。

　しかし、それは長く続くことはなかった。悲しみに暮れ、部屋に閉じ籠《こも》っていたら、いつの間にか全く知らない人たちが使用人として働いていることに気付いた。両親は、「もし自分たちに何かあったら、使用人たちに関することはラナが考えて決めなさい」と言っていた。それを叔父夫婦に告げると、彼らは態度を豹変《ひょうへん》させ、坂を転がり落ちるように地獄が始まったのだ。

　元々使っていた部屋はもったいないからと隙間《すきま》風が入り、両親が生きていた頃に取り壊す予定だと聞いていた物置小屋へと移動させられた。それだけに留《とど》まることはなく、使用人以下の扱いを強いられるようになり、怒鳴りつけられ、躾《しつけ》だと鞭《むち》で打たれることもあった。

　それにラナは「兎《うさぎ》の加護」を持つ「兎の加護持ち」というものらしい。けれど魔法が一切使えないため、「魔法の使えないハズレの加護持ち」だから「ハズレ持ち」。状況は悪化するばかりだった。

　叔父夫婦、特に叔母の金遣いは日を追うごとに荒くなり、叔父は使用人の給料を惜しんで強制解雇を行い、その分の仕事は全《すべ》てラナに回ってきた。

「今日からこれもお前の仕事だ」

「あ、あの、これって、執事さんがやっていた、」

「あれはさっき辞めさせた」

「え」

　ラナは耳を疑った。領地に関することは全て執事が行っていたからだ。

「雇わなければ金はかからんからな。それに元々、先代伯爵であるお前の父親の仕事だ。その仕事は娘であるお前がするべきだろう。分かったらさっさと行け。それとも、また鞭で打たれたいのか」

　いくら先代であった父の娘だとしても、領地系の知識などない。でも、鞭で打たれるのは嫌だった。

「わ、分かり、ました。失礼、します」

　結果、ラナが屋敷と領地に関すること全てを行うことになったが、領地経営のことを全く学んでいないのに難しいことなど分かるわけもなかった。ただ知っていたのは、「貴族は、領民たちによって生かしてもらっている。だから、搾取《さくしゅ》だけは絶対にしてはいけないんだよ」という父の言葉だけ。屋敷のことをしながら領地経営について屋敷に残っている書物を読み漁《あさ》り、なんとかしようとした。けれど、付け焼刃以前の知識では限界がある。

この頃から叔母の機嫌が悪くなることが多くなり、何かにつけて暴力が始まった。領地に関することをラナがしていると知った彼女は、伯爵家の家計がひっ迫し、好きなだけ金を使えなくなったのは、ラナの所為《せい》だと考えたらしく、責め立てるようになった。

さらに、知恵をつけた従弟《いとこ》による嫌がらせも始まった。ある日のこと。掃除をしていた部屋にやってきた従弟が、目の前で飾ってあった花瓶を思いっきり床に叩《たた》きつけた。

「一体何の音!?」

花瓶が割れる音を聞いた叔母が恐ろしい形相で駆け付けてきた。すると従弟がラナに向かって薄ら笑いを浮かべると、一瞬で泣きそうな顔になり、叔母に抱き着く。

「お姉ちゃんが、花瓶を割ったの」

いきなり部屋にやってきて花瓶を割ったのは従弟である。けれど、その従弟はラナが見た状況とは全く反対のことを言う。叔母がラナの前に来ると手を振り上げ、甲高い音と共に頬《ほお》に強い衝撃が走った。

「なんてことしてくれたの!?」

そこからは止《や》むことのない暴力暴言の嵐《あらし》。気が付いた時には既《すで》に日は落ちかけており、寝起きしている部屋にいた。怪我《けが》の手当てもされており、まだ数名残っている使用人の誰かが連れてきてくれたのだろう。使用人たちは叔父夫婦が見ていないところで手を差し伸べてくれていたのだ。

従弟の、ラナに懐いていた面影は微塵《みじん》もない。ここまで酷いのは初めてだったが、従弟が壊したものをラナが壊したと偽られたり、下僕のように扱われたりと、彼によって受ける仕置きは格段に増えていった。最初の頃は「どうして、なんで」と考え、涙していたが、今ではそれすら流れない。日々の仕事、暴力、不十分な食事に睡眠。伯爵家に居場所などなく、なぜ私がという考えすらなくなっていった。ただすり減らすだけの毎日の中で、かつて母が言った『竜と虎の使徒様がきっと守ってくださる』という言葉すら記憶の奥底に封じ込めてしまった。竜の使徒様も虎の使徒様も守ってなんてくれなかったから……。

そんなある日のことだ。窓拭きをしていた時、唐突に叔父に呼び出された。

「おい。今すぐ応接室に来い」

用件だけ言うとそのまま去って行った叔父。何か嫌な予感がしたが、言われるがまま応接室に向かった。

「…………ラナ、です」

「入れ」

中に入るとそこには叔父と見たこともない男性がいて、ニタニタと気持ちの悪い笑みを浮かべている。

「では、契約通りに」

「ええ、こんな穀潰《ごくつぶ》しでも金になるなんて、ありがたい限りです」

叔父の言葉から、「ついに売られるのか」と他人事《ひとごと》のように考えていた。

家計のひっ迫具合を考えれば、いつかこの日が来ることは簡単に想像できる。それに、叔父が読んでいる新聞から未《いま》だ人身売買があると知っていた。

だから、悲しくも、寂しくもなかった。

人身売買の男に引き渡され、目隠しをされて馬車に乗せられた。移動した先は、どこかの建物のおそらく地下であろう場所。そこで目隠しを外され、牢屋《ろうや》に入れられた。

牢屋は伯爵家で自室にしていた物置部屋よりも広いが、小さい格子窓からの光はほとんどない。

牢屋の壁に背を預けて膝《ひざ》を抱え、「これから自分はどうなるのだろう」と考える。別の牢屋からうめき声や怒鳴り声、泣き叫ぶ声が聞こえる。今までよりもさらに酷い環境になるのは明らかで、その事実に怯《おび》えるしかなかった。

例え逃げることができても、この身一つでは生きていくことなどできない。頭の中にあるのはどうしようもない現実に対する諦《あきら》めだけだった。

牢屋に入れられてから何回、日が昇って沈んだことだろう。それを数える気力すら奪われていた。一日に一回の食事は伯爵家でのものよりもほんの少しいいけれど、とても硬い小さなパンとなけなしの冷たいスープのみ。ずっと牢に入れられている所為で、今までの労働でついていた体力も落ちてきたのがなんとなく分かる。走っても一分も持たず倒れる気がする。

ただ過ごしていくうちに、ここがどういうところなのかは少しだけ分かった。

ここはただの人身売買組織ではなく、観衆の中で付けられた値段から金額を加算して競り落とす、闇《やみ》オークションの組織であること。元々は他《ほか》の組織と同じように個人での取引をしていたが、最近では帝国の警戒が強く、捕まる可能性を少しでも抑えるために月に一度だけのオークションを行い、特別性を出していること。

情報源は地下牢を監視している二人の男たち。彼らは一日中見張り番をしているため暇らしい。噂話《うわさ》や世間話から、情報はいくらでも入ってきた。

「そういえば、最近、向こうの組織が捕まったらしいじゃやねぇか」

「ああ。先月と合わせりゃ、でかい人身売買の組織が二つ潰れた」

「ヤベェんじゃねぇの？　うちは大丈夫なのかよ」

男の一人が人身売買の組織が二つ検挙されたことを心配しているようだ。

「大丈夫だよ。なんでも向こうの組織が捕まったおかげで、警戒が緩まったって話だ」

「へぇー、なんでまた」

「よく知んねぇけど、二つもあがりゃ大丈夫だとでも思ったんじゃねぇの？」

男たちの「騎士団も大したことねぇなぁ」という笑い声を聞き、もう希望などないことを悟る。

騎士団がこの組織に気付いてくれたら、もしかしたらという思いを抱いていた。しかし、警戒が緩まったということは人身売買組織の捜査は終了したということ。助かる見込みはないに等しい。

「そういや、今回のオークションって、ちょっと変えるらしいな」

「そんなこと言ってたな。警戒が緩まった景気付けに二日間やるってよ」

「まぁ、ここ最近取引らしい取引なんざ、あの毛色の変わったチビ以外なかったからなぁ」

「チビって？」

「あの、奥の牢屋にいる白髪の紫と赤が混じった目したガキだよ」

ラナは、すぐに自分のことだと分かった。髪はアイボリーで白に近い色だし、瞳の色もそうそうない。

「あいつ、ガリガリだけど、どっかの令嬢らしくて、毛色が変わってるってことで二日目の目玉にするんだとよ」

「へぇ～。ま、自分の毛色が珍しいことを恨むこったな」

笑い声を聞きながら、膝を抱える手に力を込める。母と似た髪色と、紫の瞳が混じった瞳をこんなことで嫌いになりたくはなかった。なれるわけがなかった。

その後も男たちの話は続き、オークションは五日後が初日だと知った。つまり、六日後に理不尽に売られることが確定している。そう考えると、今までがまだ地獄ではなかったのではないかと思った。闇オークションに来る人間など真っ当であるはずがない。もしかしたらマシな生活を送れるかもと考えられるほど、子供ではなかった。

日が経《た》つごとに強まる恐怖感に、湧《わ》き上がってくる不透明な未来が近づいてくる言い知れぬ不安感。もう嫌だと思っても、叔父夫婦にすら売られたラナを助ける者など誰もいない。

さらに時が経ち、来ないで欲しいと願っていた当日。一日目は大盛況だったようで、見張りの男たちの機嫌がすこぶる良かった。

「すんげー人だったよな！」

「久しぶりってことで値段もおもしれーぐらいに吊《つ》り上がったよなぁ」

「それに、ボスのあんな機嫌の良いとこなんて初めて見たぜ」

「おかげで、こうやって駄弁《だべ》ってただけの俺《おれ》たちにもボーナスが出るくらいなんだからよ！」

相も変わらず、男たちの下卑た笑い声が聞こえる。明日《あす》は我が身であることを考えると、体を震わせ、縮こまるしかなかった。そうするしか、今更芽生えた恐怖に耐える術《すべ》を知らなかった。

オークションは夜に行われ、直前に牢から出される手筈《てはず》らしい。顔を上げると、既に辺りは暗く、檻《おり》の向こう、通路の壁に付けてある仄《ほの》かな明かりだけが唯一の光。抱えた膝に顔を埋め、目を閉じる。時が止まり、この穏やかな黒の中にいることができればどんなに幸せだろうか。

「なんだテメぇら！」

金属がぶつかり合う音と共に、怒鳴り声や困惑する声、何かを破壊する音がする。

目を開けて檻の外に顔を向けると、バチバチッという何かがはじける音がしたと思ったら、目を開けていられないほどの閃光《せんこう》が走った。あまりにも強いその光は瞼《まぶた》の裏に焼き付いて離れない。光が収まって目を開けると、今度はコツコツと足音が聞こえる。足音の主はラナの檻の前で立ち止まると、パチンと指を鳴らした。

次の瞬間、頑丈な鉄の檻は幾重にも切り裂かれ、崩れ落ちる。

「ここにいる皆、保護しろ」

『はっ！』

落ち着きのある、安心する声が目の前の人から発せられ、その一言でバタバタと足早に多くの人が動く音がする。その人はもう檻とも呼べない牢の中に入ってきて、ラナの目の前に跪《ひざまず》く。薄暗いけれど距離が近づいたことで、そこにいるのが騎士団の服を着ている男の人だと分かった。助けが来たということよりも、その金の瞳から目が離せなかった。その目に光を見たのだ。

ラナの中で「カチリ」と歯車が噛《か》み合うような、自然と「この人だ」という感覚を覚えた。

張っていた気が一気に抜け、突然睡魔に襲われる。瞼が閉じる瞬間、男の人がラナに手を伸ばしてきた。それに応えようとするけれど、思うように体が動かない。彼は今にも泣き出しそうな顔をしていて、泣かないで欲しいと思った。

～＊・＊・＊～

ふわふわとしていて、とても心地のよい空間にいた。痛みもなく、ずっとここにいたいと思えるような場所。だからこそ、この場所は異常だと感じ、ラナは勢いよく起きた。

「どこ、ここ」

そこは見たこともない一室で、自分がどこの建物にいるのか分からない。

「あ、え、えっと、か、隠れな、きゃッ！」

知らない場所で目を覚ましたことで混乱し、手元の毛布をぎゅっと握って、隠れるための場所を探す。伯爵家でも叔母の機嫌が悪かった時は、何度も隠れてやり過ごしていたため、それが落ち着ける手段だった。

毛布を持ったまま、一番落ち着ける場所に向かう。そう、暗くて、狭くて、安全な場所……ベッドの下へ潜り込み、光をさえぎるために毛布を深く被《かぶ》った。

そうしていると段々体の震えが収まってきて、毛布の暖かさと落ち着く香りにそのまま眠ってしまった。

「────ッ！」

「──さ────！」

何か音が聞こえる。夢うつつでそれが何の音なのか分からなかった。それよりもこの場所で夢に浸っていたかったが、許されるはずもない。瞼から見える光と誰かに抱えられるような感触、揺れにラナは目を覚ます。

「……ッ！」

ラナは人に抱えられているという事実に混乱し、暴れた。

「い、や……！」

男の人はラナが嫌がっていることに気付き、そっとベッドの上に降ろしてくれたが、毛布を頭から被って部屋の隅で身を縮こまらせる。誰かが歩く足音に意識を向けると、毛布の隙間から少し離れた場所に片膝をついている男性が見えた。

「いきなり触れてしまい、すまなかった。これ以上は近づかないと誓おう」

聞き覚えのある男の人の声を聞き、恐る恐る彼の方を見た。襟足の長い黒髪に金の瞳をしている美丈夫で、その瞳には今まで見たこともないほどの優しさがあり、すぐに牢屋で自分を見つけた人であると分かった。

「私はアーネスト・カインフォレスト・ドラグディアという。ドラグディア公爵家当主で、帝国騎士団の団長をしている。そして、ここは帝都の郊外にあるドラグディア公爵邸だ」

その言葉に少し辺りを見回す。部屋にはアーネストだけでなく、給仕服を着た侍女や執事もいることに気付いた。

「君は、ラナ・ミーシェで合っているかい？」

アーネストの問いかけに視線を彼に戻し、小さく頷《うなず》く。

「率直に言うが、君には今日からこの屋敷で暮らしてもらう」

彼の口調から、それが決定事項なのは確実だった。

「君の体の傷は治療済みだが、今は療養のために屋敷の中で過ごして欲しい。それから、専属医の許可が下りれば、敷地内なら外でも自由に過ごしてくれて大丈夫だ。何より、この屋敷で暮らす者は皆、君に危害は絶対に加えず、強要しないことを誓おう」

アーネストの言葉により、体が痛くないことに気付いた。そっと腕を押さえても、叔母につけられた火傷《やけど》特有のザラザラとした感覚はない。

「そして、必ず、君を守るよ」

何の飾り気もないけど、どうしても信じたくなるような強さがある。その真剣な瞳をどうしても見ていられなくて、毛布に埋まって顔をそらすので精一杯だった。

アーネストの「私のことは好きに呼んでくれて構わないし、この部屋にあるものは自由に使って欲しい」という言葉で話は終わり、使用人たちを伴って部屋を後にしていった。

足音が完全に聞こえなくなると、部屋の隅からベッドの上に移動し、また毛布を被った。暖かい日の光が差し込む部屋にはラナしかおらず、気付けば涙を流していて、ポタポタと落ちた雫《しずく》はシーツの色を変えていく。悲しくもないのに零《こぼ》れる涙と共に胸のあたりが締め付けられるのを感じながら、ラナは声を押し殺した。


ふと目を覚ますと、すっかり暗くなってしまっていた。毛布から顔を出して辺りを見回す。ベッドの横にある脇机《わきづくえ》に光が灯《とも》っているスズランの形をした魔道式洋灯《ランプ》と細かい細工がされた置き時計、トレーに載せられたスープとスプーンが置かれていた。スープはまだ湯気が出ており、温かい。時刻を見ると、既に十二時を過ぎていた。壁の暦《こよみ》には魔法がかかっているようで、既に過ぎた日は色が薄く、当日であろう日は色が濃くなっている。

「あんまり、経って、ないん、だ……」

売られた日からまだ一ヶ月は経っていないらしい。逆算してみると助けられてから大体三日は眠っていたようだ。

部屋に大きな姿見があるのに気付き、その前に立って改めてラナは自身を見た。髪は不揃いなままだけど、それ以外は整えられ、体の痛みもなく、着ているものも上等なものだ。今まで触ってきた衣類の中で一番触り心地も着心地もいい。自分の様子から、ここに来てから手厚く保護されているのは明らかだ。

「……あの人は、大丈夫、なの、かな？　でも……」

地下の牢屋で見たアーネストを思い返す。不思議と彼に対しての恐怖心は湧かなかったものの、抱いた安心感に『待った』をかけたのは伯爵家での記憶だった。辛《つら》くて、苦しくて、怖い思いを沢山してきたことは紛れもない事実。

叔父夫婦も最初は優しかった。とても優しかったのだ。両親の死から少しだけ立ち直ったのをとても喜んでくれて、優しく接してくれた。いつの間にか関係は拗《こじ》れに拗れてしまい、罵詈《ばり》雑言を吐かれ、仕事を押し付けられ、どれだけ頑張っても認められることはなく、責められるようになり……最終的にはお金のために売られてしまったが。

だからこそ、アーネストを信じてもいいのか分からなかった。叔父夫婦のように豹変しないなんて確証は、どこにもないのだから。

彼は多分、優しい人だ。その優しさを素直に信じることができたなら、どれほど良かっただろう。昔のようにそれができるほど純粋でも無垢《むく》でもなかった。

変わってしまうかもしれない。だったら最初から信じない方がいい。「けど、でも」と葛藤し、今この時点でどうすればいいのかを考えた。

「あ、そうだ……」

　叔父夫婦と初めて会った時、ラナは彼らの人となりを知らなかった。最初に与えられた優しさを信じたから、その後の絶望が強かった。

「公爵、様を、知ること、が、できれ、ば……」

　助けてくれたのはアーネストで、怪我の治療も彼が手配してくれたのだろう。何より、檻の中で気絶する前に見た彼の泣きそうな顔が頭に残って離れない。必死にこちらに向かって手を伸ばし、まるで親に置いて行かれる子供のように「どこにも行かないでくれ」と言われている、そんな必死な様子。

　あの必死な様子を昔、見たことがあった。名前は忘れてしまったけれど、叔父が伯爵になった後に入った使用人。他の人たちよりもラナのことを気にかけ続けてくれて、最後はラナを叔母から守って怪我を負い、辞めさせられてしまった。

　必死さの種類は違うけれど、その時に見た使用人の表情とよく似ている。

　アーネストを観察して、彼について知れば、安心して信用できるのではと考えた。

　考えがまとまり一息つくと、「ぐうぅ」とお腹が鳴る。脇机のスープを見ると、まだ湯気が出ていて、冷めている様子はない。匂いを嗅《か》ぐと鶏ガラのいい香りがして、具が細かく刻んである、美味《おい》しそうなスープ。食べてもいいのかと悩むが、「早く食べろ」と催促するかのようにお腹が鳴って空腹が増す。これ見よがしに置かれた美味しそうなスープに我慢などできるはずもない。

近くにあった椅子《いす》を脇机の前に持ってきて座り、銀色に光るスプーンを手に取ってスープをすくい、一思いに口に含んだ。スープは鶏肉の出汁がよく出ており、食材の甘味がより引き出されていた。

一口食べたら、もう止まらない。口の中のものがなくなると、次から次へと自然に手が運ぶ。伯爵家にいた時の食事と言えば、野菜の残りカスやパンのミミなど。一ヶ月に一回、冷たくとも料理と言えるようなものを食べられれば万々歳。こんなにも温かいものを食べたのは一体いつ以来だろう。胸の奥が温かくなっていくのを感じる。また溢《あふ》れてきた涙を拭《ぬぐ》いながらスープを口に運んだ。


さっそく次の日、アーネストの観察を行うことにした。

「ご主人はこっちだぞ」

「あ、ありが、とう。リード」

ラナが転んだ時に両手を使えるようにと頭に乗り、人に会わないようにアーネストの元へと誘導してくれるのはアーネストが契約している緑色の犬の妖精《ようせい》、クー・シーのリード。目を覚ますと脇机の上にこの妖精がいたのだ。

「初めまして、ラナ様。僕はクー・シーのリードだぞ」

「く、クー……シー」

長いふさふさとした尻尾《しっぽ》に十センチはないだろう大きさの緑色の子犬で、真珠のような綺麗《きれい》な瞳をしている。

絵本の中にも描かれ、子供でも知っていることだが、妖精は嘘《うそ》が嫌いでいたずら好きのうえ、総じて人に姿を現すことを酷く嫌う質《たち》だ。だから、ラナは目の前にいるのが妖精であることに驚いた。

けれど、妖精が目の前にいる疑問より、ラナにはリードのラナに対する呼び方の違和感の方が強かった。

「そ、その、ラナ『様』って……」

「ラナ様は令嬢なのだろう？　それにご主人の大事な人だ。だから、ラナ様なんだぞ」

ラナが、「私は様付けされるような存在ではない」とリードに言っても、「どうして？　なんで？」と聞き返され、結局、ラナが折れてしまった。

「あ、そうそう、ラナ様は人間が嫌いなんだろう？」

「え、っと、嫌いというか、に、苦手、かな……」

「だから、妖精で犬の姿をしている僕が、ラナ様の専属侍女兼、護衛になったんだぞ！　服とかお風呂とかは人型になるけど、それ以外はこの姿だから、安心して欲しいぞ」

リードはやる気に満ち満ちており、「よ、よろしく、ね」と言うしかなかった。

「じゃあ、まずは僕について知って欲しいから軽く説明するんだぞ。さっきも言ったように僕は妖精のクー・シーで、名前はリード。今はこんな姿だけど、本来の姿は馬ぐらい大きくてカッコイイんだぞ！」

浮きながら、大変陽気にくるりと宙を一回転する。

「次に、犬を撫《な》でるみたいに僕も撫でて欲しいぞ。触れ合って、僕が危険じゃないことを知って欲しいんだぞ」

恐る恐るリードの頰《ほお》に手を伸ばして、さわさわと優しく撫でる。触れた毛並みはふわふわで、リードは気持ち良さそうに目を細めると、クルルルと喉《のど》を鳴らした。初めて接した存在に戸惑いはあったが、気持ち良さそうにしてくれている様子に可愛《かわい》いとすら思った。

それからリードを膝に置いて背中を撫でるまでになった。その際にまるで羽のように軽かったことに驚いたが、妖精はこんなものらしい。

「じゃあ、行くんだぞ」

最後に、リードが人型になっても大丈夫なのかを確かめることになった。子犬のままでも侍女の仕事はできなくもないが、行えることが多くなるのだという。床に座ったリードが宙で一回転すると、リードの体が光り、瞬く間に人の姿になった。

「一応、犬の特徴は残したまま、ラナ様と同じぐらいの背丈にしてみたんだぞ」

髪は子犬の時と同じ濃いめの緑色で毛先だけ少し薄い緑。瞳は真珠で犬の耳と尻尾がある。肌は白く少し吊り目で背丈はラナと同じぐらいか少し高めで、給仕服を着ている。

「どうだ？　怖いか？」

犬の姿の印象と目の前で変化してくれたおかげだろうか。不思議と怖さはなかった。

「こ、怖く、ない、よ。うん……怖く、ない」

「それなら良かったんだぞ！　じゃあ、必要に応じて人型にもなるから、よろしくだぞ！」

「こっち、こそ、よ、よろ、しく」

「それじゃラナ様、支度をするぞ。まずは体を清めるんだぞ」

手を取られて連れていかれたのは部屋に付けられている三つの扉の一つ、お風呂場だった。妖精相手とはいえ、体を見られるのは抵抗があったため、一人でできると言ったもののそれとなく却下され、結果的にリードがすべてやってくれた。使われる物の量が多く、どれをどう使えばいいのか分からなかったというのもある。

ラナは浴槽のお湯につかりながら、自身の体を見る。服の上からだと見えなかった傷跡まで綺麗になっていて、幼い頃からある右の二の腕を一周する紋章のような痣《あざ》だけがあった。これにいい思い出はないし、どうせなら傷跡と一緒に消えてしまえば良かったのにと思う。

「な、んで、この、痣の、こと、何も、聞かな、い、の？」

「知ってるから聞かないんだぞ。寝てるラナ様の身の回りをやっていたのは僕とこの屋敷の侍女たちで、そん時に既に見てるからな。それに、その痣が何なのか僕はもちろん、侍女たちも知ってるんだぞ。まぁ、その話はご主人から直接教えてもらうといいぞ」

「ごしゅ、じん？」

「アーネストのことだぞ。僕はアーネストと契約してるから、ご主人って呼んでるんだ、っと。さ、あがって着替えるんだぞ」

お風呂を出て、いつの間にか用意されていた青磁色《せいじいろ》と白色を基調としたAラインの衣服に着替えた。肘《ひじ》丈の袖《そで》はゆるく波打つかのようなフリルになっていて、スカート部分は足首まであり、裾《すそ》にはレースがあしらわれている。襟はシャツのようになってシンプルなものだったが、質素というわけではなく品があった。

「道具がまだ用意できてないのと、僕よりも上手《うま》い奴《やつ》がいるから、もっと人に慣れたら髪をちゃんと整えてもらおうな。それまでは後ろで一つにまとめておくんだぞ」

そう言いながらリードは手を動かして髪を梳《す》かし、赤いリボンでまとめてくれた。

「これで完成なんだぞ！　とっても似合ってるぞ！」

しっかりと洗われたことで本来のアイボリーの髪色を取り戻し、まるで両親が生きていた頃の自分に戻れたみたいだった。

「リー、ド」

「なんだぞ？」

「あり、が、とぉ」

鼻の奥がつーんとして、楽しかった頃の懐かしさに胸が押し潰されそうだ。

「それで、今日は何をするんだぞ？」

その他の細かな支度も終わったが、お昼にはまだ早い時間だったので、リードが用意してくれたお茶を飲みながら支度終わりのゆったりとした時間を過ごしていた。

「えっと、きょ、今日は、公爵様を、観察、しようかなって……」

「観察？　ご主人をか？」

リードが不思議そうにするので、その理由を教えた。人には悪い人といい人がいること。人を信用できないでいること。助けてくれたアーネストのことを大丈夫だと思いたいけど、思えないことがとっても苦しいこと。だから、彼の人となりを知るために観察することにしたことを話した。それを聞いたリードは目を輝かせる。

「じゃあ、僕も協力するんだぞ！」

「え、い、いいの？」

「もちろん！　ラナ様とご主人には仲良くなって欲しいんだぞ。だから、協力するぞ。それに、僕はご主人と契約しているから、ご主人が何処《どこ》にいるのか手に取るように分かるんだぞ」

どうだ凄《すご》いだろうとでも言うように胸を張るリードに、そんなこともできるのかと驚いた。

こうして、アーネスト観察隊が結成された。

「この通路を右に行くんだぞ。で、そこの黄色い花が飾られている花瓶の向かって右側の窓の外にご主人がいるぞ」

　場所は二階の廊下。頭上から廊下の一角が示される。言われた通りに窓から下を覗《のぞ》いた。

「ご主人と、白髪の方が筆頭執事のセドリックで、ご主人の後ろにいるのが侍従のうちの一人だぞ」

　そこには助け出された日に見た騎士団の服を着て馬車に向かって歩いているアーネストの姿があった。その右斜め前には白髪で歳《とし》は七十代ぐらいの執事服をきっちりと着こなすセドリックがいて、アーネストの左斜め後ろにはセドリックとはまた少し違う執事服の男性がいる。

「本日のご夕食はいかが致しましょう」

「今日は少し遅くなるが、何時も通りで構わない」

「かしこまりました。それと旦那《だんな》様、マクタス侯爵家の夜会へは、」

「欠席する。今は参加している暇などないからな。用意はしなくていい」

「かしこまりました。そのように手配致します」

「それとカルデ子爵家の件だが……」

　この距離なら意識しなくてもアーネストたちの会話が耳に入ってくる。

「ど、どこに、行く、のかな？」

「きっとお城だぞ。ご主人は帝国騎士団の団長だからな。専用の執務室を持っていて、そこで仕事をするんだ」

「よく、知ってる、ね」

「何回か行ったことがあるんだぞ。妖精に行けない場所なんてないからな」

「そ、っか」

アーネストを見ていると、視線に気付いたのだろうか。いきなり振り返り、ラナのいる方へ顔を向けてきた。まさか気付かれるなど思っていなかったため彼が振り返った瞬間、見つからないようすぐに窓の下に隠れる。少しの間そうしていると馬の嘶《いなな》きが聞こえたため、窓から再び覗くと馬車が正門の方へ走っていくのが見えた。

「ビックリしたんだぞ。ラナ様、大丈夫か?」

「だ、だいじょう、ぶ……」

リードも予想外だったようで、同様に驚いていた。

「元々、人の視線とか気配とか敏感だと思ってたけど、まさかここまでだったとは思わなかったんだぞ……」

「そ、そんなに……?」

「騎士団長だからな。それに、ご主人は竜の加護持ちだから、余計に敏感なんだぞ」

「竜の……」

ヴォラグディア帝国には十二神獣家と呼ばれる十二の公爵家がある。かつて神がこの地に遣わした使徒たちそれぞれの子孫の家系であり、ドラグディア公爵家もその一つだ。

「そうだぞ。ご主人は竜の使徒様の子孫であり、竜の使徒様の加護を持つ、加護持ちの一人だ」

とんでもないところにお世話になっているのだと改めて思う。

ミーシェ伯爵家に貴族からの招待状は届いていたが、ドラグディア公爵家を含めた公爵家からのものは一切なく、どの家がどの使徒の子孫なのか知らなかった。両親が亡くなったのはそれらを学ぶ歳になるよりも前のこと。めぼしい本も全て売り払われていたので、知識をつける機会に恵まれなかったのだ。

ドラグディアが使徒の子孫の家系だとは知っていたが、まさか、彼自身が加護持ちだとは思っていなかった。

「この時間から行くなら、今日はもう夕方までお城で仕事だから観察は終了だな。お昼にしようかと思うけど、まだ少し早いんだぞ」

太陽は真上に来ておらず、正午になると聞こえてくる鐘《かね》の音はまだ遠い。このまま部屋で大人《おとな》しくしているのが一番いいかもしれないと考えていた時だった。

「あ、そうだ。このまま屋敷の探索でもするんだぞ」

「お屋敷、の?」

「これからラナ様が暮らす場所だからな。まぁ、ないとは思うけど、もしも僕がいない時のために知っておくのは大切なんだぞ」

確かにお世話になる場所は把握しておいた方がいいのかもしれない。万が一入ってはいけないところに入ってしまわないようにするためにも知っておくのは大切だ。

「け、けど、歩き、回って、も、いいの？」

「ご主人は別に構わないって言ってたんだぞ。気になるなら、扉開けて少し中を見るだけでも十分なんだぞ」

少しそわそわした。こんなに大きなお屋敷になど両親が生きていた時でさえ来たことがない。

「それ、なら……」

「じゃあ、出発だぞ！」

なぜか意気揚々なリードの案内の下、観察隊から屋敷探検隊に変更になった。

今回行く場所はラナの体力も考えて、現在地から一番近い衣装室の一ヶ所だけ。

「ここが衣装室なんだぞ」

扉をそっと開けると、中には数えきれないほどのドレスや靴、帽子、宝石があしらわれた装飾品が入っているであろう専用の大きなクローゼットやガラス扉になっている収納棚があった。収納されているものだけではなく、外に出ているものもある。着替える空間も確保されていて、この部屋の広さが窺《うかが》える。

「すごい……」

「ここは、公爵夫人や令嬢の服を収納し、着替えるための場所だぞ。どうせなら中に入ってみるんだぞ」

当然のように言うリードに、見るだけではなかったのかと驚く。

「え、な、」

「大丈夫だぞ。ご主人は好きに入っていいって言ってたし、問題なんてないんだぞ」

アーネストが許可しているのならば入室しても大丈夫なのだろう。それに一応、屋敷の中なら好きに動いていいとも言われていた。それでも、ただ保護されているだけなのに入ってもいいのかと躊躇《ちゅうちょ》する。

「で、でも、」

「でも何もないんだぞ。早く入る！」

頭の上でリードにポンポンと優しく叩かれ、言う通りに入るしかないようだった。覚悟を決め、部屋の中に一歩足を踏み入れる。

「ほ、んとに、すごい……」

収納棚のガラス越しに見える沢山のドレスや装飾品。どれもがキラキラと輝いて見え、まるで違う世界に飛び込んだような感覚を抱いた。すると、嬉々《きき》としてリードが部屋の案内を始める。

「こっちのクローゼットには冬用のドレスがしまってあって、あっちは春用、そっちは夏用、それは秋用だぞ」

「季節、ごと、に」

「そうだぞ。そこのガラス棚にしまってあるネックレスやペンダントに指輪だけじゃなくてジュエリーボックスもあって、それもそんな感じで決まってるんだぞ」

流石にジュエリーボックスの中を見るわけにはいかなかったが、出されているドレスやガラス扉の向こうにしまわれているドレスは見ることができた。

「で、でも、着なくな、ったのって、ど、どうする、の？」

「それは分解して、使えるものは小物に作り替えて孤児院に送ったり、バザーに出店するんだぞ。あとは、普段遣いに作り替えてもらえるところに作り替えてもらったりとかか？　まぁ、いろいろあるんだぞ」

「そ、っか」

もし、捨てるならもったいないと思っていたが、それならば良かった。

「これが全部じゃないんだぞ」

「え」

そう言いながら、隣の部屋へと続く扉を開けるように促してきた。開けていいのかどうか分からなかったが、見るだけならと好奇心がくすぐられ、ゆっくりと扉を開ける。

扉の先には、さっきの部屋の比ではないほどのドレスが一つ一つ丁寧に衣装掛けにかけられていた。先ほどと同じようにリードに急《せ》かされて中へと入る。

「ここは、ドレス専用の部屋なんだぞ」

「ド、ドレス、せん、よう」

「今の部屋が収納と着替えの部屋なら、この部屋はただドレスをしまっておくための、いわゆる巨大なクローゼットなんだぞ」

規模が違い過ぎると思った。伯爵家であっても一室丸々クローゼットなんてなく、それ以上にドレスの量が服飾店を開けるくらいあるのではと思った。

「ラナ様」

「な、なに?」

「誰か来るんだぞ」

「え」

耳を澄ますが、誰かが来るような音は聞こえない。けど、リードが嘘を吐《つ》いているようにも見えなかった。

不思議に思っていると「カチャ」っという音が聞こえた。さっきまでいた部屋に誰かが入ってきたようだ。隣の部屋で何かしているらしく、物音が聞こえる。

「ど、どう、しよう……ッ」

「多分、使用人の誰かだから大丈夫だぞ」

リードに「深呼吸」と言われ、落ち着くために一息吐く。混乱はなんとか抑えることができたけれど、怖いという感情はなくならなかった。

「怖いなら、ちょっと観察してみるんだぞ。ご主人の時みたいに」

「こ、公爵、様、の？」

ラナはさっきまでアーネストを観察していたことを思い出し、首を縦に振った。

リードが指し示したのは閉じられたカーテンの裏。クローゼット用の部屋のため隠れるのに最適な棚などはない。ドレスに紛れることもできたが、この部屋に入るならば用があるのはドレスだということは当たりがつく。

「わ、分か、った」

カーテンの裏に入り、身を潜めるために頭の上のリードを両腕で抱える。

次の瞬間、「カチャ」っという、この部屋の扉が開けられたことを告げる音がした。足音は聞こえないが、その代わりに「シュル、シュル」という何かの布が擦れるような音が聞こえる。

じっと息を潜める。聞こえるのは「シュル、シュル」という音と、それとは違う「サッ、サッ」という何かが擦れるような音。ラナはそっとカーテンの隙間から部屋を覗いた。そこにいたのは百合《ゆり》の花飾りを頭に付けた恐ろしいほどに美しい女性。おそらくシルクで作られた真っ白な給仕服を着ている。女性はドレスの手入れをしているようだ。

「あれはシルキーなんだぞ」

「しる、きー……？」

「て言っても、シルキーの『ミフリー』だけどな。あ、ミフリーって言うのは妖精と人間の間に生まれた子供のことを言うんだ。彼女はこの屋敷で働いてる内の一人で、頭の花飾りが百合の花だから『百合の侍女』って呼ばれてるんだぞ」

百合の侍女はラナたちに気付いていないのか、手入れを続けている。

「百合のだけじゃなく、ここに勤めているのはほとんどミフリーだし、ご主人と契約してるからご主人の言葉は絶対。危害は加えないんだぞ」

諭すように告げられる。目の前の彼女は腕の中のリードと同じで、人の形をしているけど純粋な人間ではないというのは何となく分かった。人ではなく、人形が動いているかのように感じたから。その事実がラナの中にある怖さを薄くさせる。

「それに、『起きたらラナ様がいつでもお腹を満たせるように』ってスープを自主的に持って行ってたのは侍女や侍従たちだぞ」

「え、じしゅ、てき、に?」

あの時食べたスープのことだろう。温かく、涙が自然と出てしまったスープ。

「ご主人は寝てるラナ様の身の回りの世話を頼んだだけで、スープまで命令してないんだぞ」

お屋敷の誰かだろうとは思っていた。あんなにも心温まるスープを用意してくれていたのが侍女や侍従たちで、拒絶するだけだったラナにとても心を配ってくれていたなんて……。それに、世話をするようにアーネストが言ったのならば、寝ている間の身の回りの世話もしてくれていたということになる。

こんなにもよくしてくれているのに、隠れて拒絶したままでいいわけがない。与えられた優しさに感謝できないようじゃ、あの叔父夫婦と同じになってしまうような気がした。

それだけは嫌だ。

「お礼、言わな、きゃ」

ラナはカーテンに手をかけ、大丈夫、大丈夫と言い聞かせながら、一歩踏み出す。それに気付いたらしい百合の侍女はラナたちの方へ向くと両手を前で揃え、腰を折って頭を下げた。

（分かってたんだ……）

ラナに気を使って知らないふりをしてくれていたのは明らかだった。カーテンの中から出ずに隠れ続けていたら、彼女は何事もないかのように仕事をし、部屋を出ていただろう。

それにしても、百合の侍女はずっと頭を下げ続けたままで、少しも動かない。誰かに頭を下げられるような経験などほとんどないラナにとって、どうすればいいのか分からず、戸惑うばかりだった。

「ラナ様、頭を上げるように言うんだぞ」

「え、あ、わ、分か、った。あ、あの、頭を、上げて、くだ、さぃ」

緊張で裏返ってしまった声は、明らかに小さ過ぎた。それでも彼女にはしっかりと聞こえていたようで、頭を上げる。こちらを真っすぐ見つめる視線に言葉が出なくなり、視線をそらしてしまう。

「でも、なんでこんなとこにいるんだ？」

リードが発した疑問に助けられ、ほっとする。言わなくてはいけないのは分かっているものの、半分衝動的に出てきてしまったので心の準備をしたかった。

百合の侍女と呼ばれた彼女は、ぱくぱくと口を動かしているが声は聞こえなかった。

「声が……」

「声？　ああ、純粋な妖精は人の言語を話せるけど、ミフリーはできないんだぞ」

リード曰《いわ》く、妖精と人間の間に生まれた存在であるミフリーは存在自体曖昧《あいまい》だそうだ。彼らは人語を理解できるし、書くこともできるが、妖精の血が濃いものほど妖精の言葉しか話せないという特徴があるのだという。

また、妖精やミフリーの名前は人語で発音しようとしてもどうしても聞き取れないし、発音できないから、使用人たちのことを着けてる花飾りで『〇〇の侍女、〇〇の侍従』と呼び分けているのだそうだ。侍女は頭の右側に、侍従は左の胸に付けていて、後ろ姿で見えなかったけど、アーネストの左斜め後ろに控えていた侍従の左胸に花飾りがあるという。

「ちなみに、この屋敷で彼らの言葉が分かる人間なんてご主人とセドリックぐらいなんだぞ。で、今言ってたのが、本来今日はドレスの手入れ日じゃなかったんだけど、しておいた方が良いってなって、手入れをしにきたらしいんだぞ。今日なら大丈夫と思ってたけど……ラナ様、ごめん」

落ち込んでいるが、リードが悪いわけではない。ただ気遣ってくれただけなのだから。

「だ、大丈、夫。ありが、とう」

落ち込むリードの頭をよしよしと撫でて慰め、百合の侍女の方を見る。さっきまであった言葉が出なくなるほどの緊張感はなくなっていた。言葉が伝わらないから見つめることで意思表示をしている。ちゃんと目を向けているのだと。意識しているのだと。

今度はちゃんと、視線を百合の侍女へ向けた。「大丈夫、大丈夫」と自身を励ましながら。

「あ、あの、え、と、スープ、そ、それに、お世話、も、あ、ありが、とう、ご、ござい、ましたッ！」

上手く口が回らず噛んでしまい、熱くなる。きっと、顔は真っ赤《まか》になっていることだろう。恥ずかしくて仕方がなく、視線を床に向けた。

すると、「ふふっ」という声が聞こえ、バッっと伏せた顔を上げた。さっきまで無表情だった百合の侍女がほんの僅《わず》かに口元を上げて微笑《ほほえ》んでいた。百合の侍女は何かをしゃべると、綺麗なお辞儀を一つして、部屋から出て行った。

「ね、ねぇ、リード」

「なんだぞ」

「ゆ、百合の、侍女さん、は、なんて……」

『『こちらこそ、綺麗に食べてくださって、ありがとうございました』って言ってたんだぞ。とっても嬉《うれ》しそうだったぞ」

胸の奥から温かい何かが湧き上がってくる。『ありがとう』なんて子供の頃以来、言われたことがない。

それに、お礼を言うのはラナの方。今もこうして知らない内に沢山のことをしてもらっているのだろう。怖いからと言って逃げていた自分が嫌になる。

「大丈夫なんだぞ」

「りー、ど?」

「そんなに焦らなくてもいいんだぞ。ちゃんと伝わってるから。だから、百合のは『ありがとう』って言ったんだぞ」

全てを見透かすような真珠の瞳は優しげで、ラナの愚かさを受け止めてくれているような気がした。リードを衝動のまま抱きしめ、小さく、「ありが、とう」と呟《つぶや》いた。

~＊・・＊・・＊~

衣装室での出来事から次の日、そのまた次の日と時が経ち、リードと行うアーネスト観察と屋敷の探検は日課のように続いている。そんな中、仕事中の侍女や侍従たちを見かけるたび、しどろもどろで、声も小さいが、ラナから挨拶《あいさつ》ができるようになっていた。

「ここが鍛錬場なんだぞ」

まだ朝の六時。なぜか早くに目が覚めてしまったラナは、リードの提案でアーネストが鍛錬しているところを見ることにした。やってきたのは公爵邸の鍛錬場が見渡せる、一階のとある窓の前。鍛錬場には既にアーネストがいて、屋敷で仕事の時は長袖のシャツに黒いズボンと身軽な格好をしているが、今日は騎士団の服なのでお城で仕事なのだろう。剣の鍛錬はこれから始まるようで、アーネストは手に剣を持っている。それに対するのは侍従。彼もまた、アーネストとは違う剣を持っていた。二人の奥にはセドリックがいて、白い旗を持っている。

「それでは、開始！」

セドリックの合図と共にどちらともなく走り出す。そこから始まったのは「カンッ、キンッ」という金属同士が打ち合わさる音。互角に打ち合っているように見えたが、アーネストが剣を弾《はじ》き飛ばしたことで侍従の体勢が大きく崩れ、剣先を突き付けられる。

アーネストが剣を下ろすと、それは柔らかい青い光を放ちながら彼の手から消えた。

「収納、魔法」

「そうだぞ。あの剣はご主人の愛剣だからな。ああやって何時《いつ》も持ち歩いてるんだぞ」

収納魔法は、この国に生まれたものならば誰でも使える初歩中の初歩の空間魔法の一つ。小さい空間の中に物を収納するそれは、ラナが使いたくても使えなかったものだ。もし、少しでも魔法が使えていたら、叔父夫婦と従弟から身を守れたり、もっと早くあの状況を何とかできたかもしれないと思うと無力な自分が嫌になる。

「次は魔法だぞ」

リードの言葉に顔を上げ、外を見る。その言葉通りにアーネストは魔法を使い始める。

「すごい……」

その光景は、さっきまでの嫌な考えを吹き飛ばしてくれるようなものだった。

最初は風の魔法。かざされた掌《てのひら》を左から右へと横に動かすと、鋭い形状をした黄緑色の槍《やり》のようなものが現れる。それはもの凄い速さで的へと向かって行き、ど真ん中を射抜いた。

次に、掌を前にかざし、瞬時に小さい火の玉を作り出し、放った。今さっき貫かれた的へ素早く、真っすぐ向かう。当たった瞬間、嘘のように大きな爆破が起こった。

そして人さし指を上から下へなぞるように振り下ろすと、空中に魔法陣が展開され、火を消すための水が大量に落ちてくる。そのどれもが強力なものであることが分かった。魔法の制御能力が桁外《けたはず》れであることも。

その様子に見入《みい》っていると、観察を始めた日のようにアーネストがラナたちの方向へ顔を向けてきた。

「ッ！」

頭に乗っているリードを押さえながら勢いよくその場にしゃがみ込む。その際に頭の上から

「グエ」っという蛙《かえる》が潰れるような声が聞こえたが、そんなこと気にしている暇はない。しばらくしてこっそりと窓から見ると、アーネストは鍛錬を続けている。気の所為で終わってくれたようだ。やっぱり、急に意識を向けられると吃驚《びっくり》する。驚きで早くなった胸の音を感じながら今日は部屋で大人しくしていようと、少し後ろ髪をひかれつつもその場を後にした。


鍛錬場でのことから数日後。

「こ、公爵様、は、お仕事が、好き、なのかな……？」

ある時は執務室、またある時は鍛錬場、さらにある時は食堂と、屋敷内で許す限りリードとアーネストの観察を行った。今度こそ悟られないようにと侍従が持ってきてくれた望遠鏡で遠くから彼の様子を見る。結果、一に仕事、二に仕事、三四に仕事で五に仕事。昼食は挟むが、とにかく仕事人間だった。流石に騎士団内は分からないのでリードに聞くと、仕事の内容は変わるものの一日中仕事ずくめらしい。

「ご主人は仕事が趣味みたいなところあるからなぁ。それに他人に厳しいけど、自分にはもっと厳しいんだぞ。でも、それ以上に他人に優しいんだぞ」

ラナは、そういえばそうだと思い返す。

アーネストの鍛錬の様子を見たのはあの日一日だけだったが、彼は毎日鍛錬を欠かさず行っているという。朝の早い時間から毎日三時間は必ず、剣だけではなく、体術、魔法の鍛錬を行っているそうで、自分に厳しい。けれど優しいとも感じていた。屋敷の使用人たちが生き生きと仕事をしているのがその証拠であり、まだ両親が生きていた伯爵家を思わせた。

それからも何日かアーネスト観察は続いたが、日頃の様子を見ている内にラナの中で彼を信用したいという気持ちが日に日に強くなっていった。勤勉で、他人に厳しいが自分にも厳しい。だからと言って理不尽ではなく、理由がある。何より、彼は自分から近づいて来たことはなく、言ったことには責任を持つ人であることが分かったのも大きな要因だった。

そして、それはとある夜のことだった。その日も朝からアーネストがお城へ行っていて観察ができないのでリードと一緒に部屋で過ごしていたが、暖かさが眠気を誘い、昼寝をしてしまった。中途半端な時間に寝てしまったことによる影響か、夜中に目を覚ましたのだ。

「どうしよう……眠れない」

何度寝直そうとしても目が冴《さ》えてしまい、眠れない。リードに相談しようとしてもお腹を上にして大の字で熟睡している。一緒の時間に昼寝をしてリードの方が長く寝ていたのにもかかわらず、こんなにもぐっすりなリードが不思議でならなかった。

時刻を見ると十一時を少し回ったところ。リードによって早めの入眠を促されるため、八時半過ぎには眠りにつくようにしているおかげか、まだ二時間半ぐらいしか経っていなかった。こんな時間から朝まで起きているわけにはいかないが、いくら目を閉じて寝ようとしても意識がはっきりしていて眠れる気がしない。

「動けば、寝れる、かな……？」

運動すれば疲れて眠れるようになるかもと考えたが、リードが寝ている以上、部屋の中で何かするわけにはいかない。そこで、夜の屋敷を散策することにした。探検をしていたおかげで、ある程度は屋敷の構造が分かるようになったというのもあって、一人でも大丈夫なのではと思ったのだ。ゆっくりと、音を立てないように扉を開けて廊下を見るが、誰もいない。屋敷の中とはいえ駄目なことだとは分かっていたものの、眠っているリードを起こすのは可哀想《かわいそう》に思い「少しだけ」と部屋を出る。

夜の屋敷は、壁に付けられている洋灯の淡い橙色《だいだいいろ》の仄かな明かり以外は大きな窓から差し込む月明かりしかない。何時も見ていた昼の姿はどこにもなく、どこか怖さの中に妖艶《ようえん》さのある夜の姿がそこにはあった。明かりなど持っていないので、廊下の仄かな明かりと月明かりだけが道標《みちしるべ》だ。壁伝いに歩いていると、廊下を曲がった先にある扉の隙間から明かりが漏れているのに気付いた。

「ここは……」

その扉はアーネストの執務室のものだ。扉の向こうから話し声が聞こえる。もしかしたら昼間とは違うアーネストの姿が見られるかもしれないと、扉に聞き耳を立てることにした。

「それで、どうだ？　セドリック」

「ラナ様でしたら、日に日にご成長なさっております」

ラナは自分の名前が出たことに一瞬ドキッとした。聞こえてきた声はどちらも聞いたことのある声。一人はアーネストで、もう一人はセドリックだ。

「ここにいらっしゃった時は、使用人一同どうなることかと思いました。ですが、リード殿の影響もあるのでしょう。時々お部屋からお出になられているようで、廊下を歩いておりますとリード殿とラナ様の声が聞こえてくることが御座います。それに、使用人たちには心を開いてきておられ、挨拶をしてくれると使用人たちが嬉しそうにしています。大変喜ばしいことです」

「そうか」

使用人たちに挨拶をしている以上、気付かれているとは思っていた。ただ挨拶というそれだけのことで使用人たちが嬉しく思ってくれていることに口元が緩む。それに、セドリックには挨拶すらできていないのに、喜んでくれているのだと声の音が伝えてくる。

「それでだ、セドリック」

「何で御座いましょうか」

「どうすれば私は、ラナ嬢と仲良くなれるだろうか」

ラナは一瞬、自分が何を聞いたのか分からなかった。あの仕事一筋で自他共に厳しいアーネストから出た言葉とは思えなかったからだ。

「といいますと？」

「私が言葉を交わしたのは、あの子がこの屋敷で最初に起きた時だけだ。今日に至るまであの子の気配は感じても、無遠慮に近付くわけにもいかない。だが、使用人達は言葉を交わしているうえ、リードにはどう見ても心を開いている。私もあの子と仲良くなり話しをしたい。そして共に食事をし、あわよくば手を繋《つな》ぎ、名前を敬称なしで呼びたい」

「欲望しかないのになんと清いのでしょうか」

「何か言ったか」

「何も言っておりません、旦那様」

扉の先からの話を聞いて、羞恥心《しゅうちしん》にかられた。こんなにも真剣に話してくれる人など両親以外におらず、仲良くなりたいと思ってくれる人もいなかった。叔父の時代からの使用人はラナのことを思ってくれていても、そこにあるのは同情心だけで、ラナという個人を見てくれる人たちではなかった。

だから、アーネストが「仲良くなりたい」という思いを我慢してくれて、ラナが怖くないようにしてくれていたことを知り、嬉しさと申し訳なさを感じたのだ。

静かにその場を離れて部屋に戻り、扉を閉めると、その場に座り込む。

「……ん、なんだ？　ラナ、様。どう、したんだぞ？　顔、真っ赤なんだぞ」

「な、なんでも、ない、よ。早く、寝よ、っか」

扉の音で起きた、寝ぼけているリードを腕にかかえてベッドに戻った。頭の中には真剣なアーネストの「仲良くなりたい」という言葉がこだまし、余計に顔が熱くなる。

「仲良く、なりたい、って、思って、くれてる、んだ……」

胸の内には温かい気持ちが生まれており、何時の間にか眠りについていた。


「もう少しで雨が降るんだぞ」

「そう、だね。そんなに酷く、ならな、ければ、いい、けど」

一晩が明けた夕方より少し前。まだ日が出ている時間だというのに外は暗く、窓にはうっすらと部屋の様子が鏡のように映っている。お昼ごろから雲が出てきたなと感じていたが、今では空には真っ黒な雨雲がかかっていた。

「ラナ様は雨が嫌いなのか？」

「あんまり、好きじゃ、ない、かな……」

昔から雨が苦手だった。雨というよりも、嵐が嫌いだった。

「そっか……。だったら、酷くならなきゃいいな」

「そう、だね」

部屋の窓から空を眺めるが、その願いは叶《かな》うことはなかった。リードが「夕食を用意してくる」と言って部屋を出ていった後のこと。

「あ、降って、きた」

最初は小雨だったのに、すぐに酷くなり、風も段々と強く吹きつけてくるようになった。それだけで止まってくれればいいものの、外からはゴロゴロと不気味な音がしてくる。不安に駆られたラナは窓から離れて、扉側の部屋の隅へ行き、毛布を被って膝を抱えた。

「────ヒッ！　ううう」

その瞬間、外が勢いよく光り、間も置かずに激しい轟音《ごうおん》が部屋の中を揺らす。ただでさえ吹き付けてくる雨風による窓が軋む音や木々の騒めきが怖くて仕方がないのに、止《とど》めを刺すように雷が轟《とどろ》いた。

伯爵家にいた時は、古くなって使われなくなったクローゼットの中に隠れてやり過ごしていた。この部屋に棚型のクローゼットは存在せず、ベッドは窓に近くて隠れたくない。

毛布にくるまりながらブルブルと震え、目をぎゅっと閉じ、耳を押さえる。それでもしっかりと音を掬《すく》い上げた。昔からとても良い耳は両手で押さえて音を遮断していても聞き取ることができたため、嵐の日は何時もこの耳が恨めしくて仕方がない。

すると、部屋の扉が開く音がした。コツコツと誰かが歩いてきて、布が擦れる音がする。

「大丈夫か？」

優しい、落ち着く声の方へと顔を上げながら、ゆっくりと目を開ける。目の前には、手を伸ばしてもちょうど届かないところで膝をつくアーネストの姿。

「雷が怖いのか？」

そう問いかけられ、首を横に振る。

「では、嵐そのものが怖い？」

小さく首を縦に振った。彼は「そうか」と一言漏らすと、手を差し出してくる。

「触れてもいいだろうか？」

黄金の、一点の淀《よど》みもない瞳に真っすぐ見つめられ、自然と頷いていた。

「ありがとう」

耳を塞《ふさ》いでいたラナの手を覆うようにアーネストの手が添えられ、小さく、短い呪文《じゅもん》を彼が唱えると今まで聞こえていた激しい雨音や風の音が聞こえなくなった。

「特定の音だけを遮断する防音魔法を君の耳にかけた。実際、私の声は聞こえるだろう」

聞こえなくなった雨風と雷の音に何度も頷く。アーネストはふっと微笑むと彼の左肩にかけられていた袖のない外套《がいとう》を外し、ラナの頭に被せてくれた。毛布だと目を閉じていても見えていた雷の光すら彼の外套は遮断してくれる。雷の光が見えなくなってホッとしていると、ラナはアーネストの膝の上に乗せられ、後ろから抱きしめられた。一瞬何が起こったのか分からなくなったが、彼の春の陽気のような香りに段々と落ち着いていき、口から言葉が零れていた。

「嵐は、全部、奪って、いきま、した。お父様も、お母様も、幸せも、なにも、かも……」

両親が亡くなったのは、酷い嵐の日だった。真っ黒で分厚い雲が空を覆い隠し、水桶《みずおけ》の中身をぶちまけたような大雨に空を走る閃光と建物すら揺らす轟音。それらは全て消失の象徴だ。

「さびし、かった……。もう、ひとりは、いや、です」

両親の最後は分からない。ただ、嵐による事故だと聞かされたあの日から一人ぼっちだ。一番いて欲しい人たちは嵐に呑《の》み込まれた。

「ずっと、耐えてきたんだな。よく頑張った」

ぽんぽんと優しく頭を撫でられる。慰めじゃない。同情でもない。そこにあるのは最上級の労《いたわ》りで、「頑張った」の一言が、何よりも嬉しい。胸の奥がぽかぽかと温かくなって、段々と目が潤んでくるのを感じる。

「君さえよければ、何時でも私のところへ来て欲しい。屋敷にいる時は基本的に執務室で過ごしているから」

零れる涙を袖口で拭っていると、少し硬いアーネストの声が聞こえた。振り向くと、暗くて分かりにくいが、ほんのりと彼の頬が色づいているような気がする。

「い、いいん、です、か?」

「ああ、もちろん」

「じゃ、邪魔、に、なりません、か?」

「邪魔になど……むしろ来てくれた方が、」

「むし、ろ？」

「いや、なんでもないよ。とにかく、大丈夫だ」

嬉しかった。既にアーネストは毛布よりも安心できる存在になっていて、彼の傍《そば》にいたいと感じるようになっていたからだ。怖がっていたラナを二度も助けてくれた。触れる時も大丈夫か聞いてくれて、同情するだけでなく、労ってくれた。もう彼に対して疑いの心はない。

「それと、君と共にやりたいことと、頼みたいことがあるんだ」

「やりたい、こと、と、頼みたい、こと？」

「共に食事をしたい。朝と夜、できる限り昼も。あと、『ラナ』と呼んでもいいだろうか？」

それは眠れなかった夜に執務室の扉越しに盗み聞いた内容だったが、断る理由は何もない。

「はい。もちろん、です」

返事を聞いたアーネストは嬉しそうに少し微笑んだ。その表情にトクンと心臓が鳴ったような気がしたものの、ラナにはそれが何なのか分からず、それよりも今は彼の暖かな体温に身を委ねた。

【第二章　勉強と前進と約束】

嵐《あらし》の夜から一週間が経《た》った。ラナの頑張りと使用人たちの配慮の甲斐《かい》もあって、女性体である侍女たちには触れられても平気になり、今では支度をリードだけではなく侍女にも手伝ってもらっている。また、侍従たちにも次第に慣れていった。

「今日《きょう》も行くのか？」

「うん」

リードを頭に乗せ、毛布とチェス道具を持って部屋を出る。迷うことなく真っすぐ目的地に向かう足取りには、軽やかさがある。

嵐の夜の約束通り、ラナはアーネストが屋敷にいる時は必ず執務室へ向かって、アーネストとリードと一緒に過ごすようになった。今までの後遺症か言葉はまだ詰まってしまうものの、それでも一歩ずつ前に進んでいることは確かだった。

「ラナ様、とっても楽しそうなんだぞ」

「うん。とっても、楽しい、よ」

「なら良かったんだぞ！」

リードの嬉《うれ》しそうな声に頬《ほお》を緩めると、目的地に到着した。重厚感のある扉はいつ見ても慣れず、少し緊張する。一つ深呼吸をして扉を叩《たた》くと、中から「はい」という声が聞こえた。

「ら、ラナ、です」

「どうぞ」

扉を挟んだ先からアーネストの声が返ってきた。ドアノブに手をかけて扉を開け、部屋の中へと入る。アーネストは白いシャツに紫の宝石がついたループタイ、黒のズボンという楽な服装で、本棚の前に立ち、その両腕には二冊の本が抱えられている。少し前までのラナでは遠くからしか見ることができなかった光景。今日はアーネストからチェスを教えてもらう約束をしていた。

「あの、早過ぎ、ました、か？」

「いや、少し片付けていただけだから大丈夫だ」

そう言いながらすぐに本を片付け終えると、ラナを執務机の前にあるソファに促し、彼は反対側のソファに座った。リードは執務室の日の当たる床に何時の間にか取り出したクッションを置き、すやすやと寝息を立て始める。

ラナは持ってきた籠《かご》から折り畳み式のチェス盤と駒《こま》が入った横幅二十センチぐらいの箱を取り出して机に置くと、アーネストがそれの準備を始めた。

「チェスは相手のキングを取ると勝利になる。キングはこれだ」

彼が手に取ったのは黒い駒の中で一番大きな駒。その駒はチェス盤のアーネスト側の端の中央左のマスに置かれた。

「次にこれは駒の中で一番強いクイーン。これがビショップ。これは……」

アーネストは駒を一つ一つ手に持ってラナに説明し、それが終わるとチェス盤の上に一つ一つ置いていく。

「最後に、これが一番数が多いポーン。チェスはそれぞれ六種類と計十六の駒で行われる。まずは白い駒を黒い駒と同じく置いてみるといい。キングとクイーンの配置はラナの視点と同じ位置で大丈夫だ」

「はい」

言われた通りにラナは白い駒を一つ一つ置いていった。コツ、コツと駒が置かれていく音が響く中、アーネストが口を開く。

「そういえば、運んだ時やこの屋敷でラナが初めて目を覚ました時にも見たが、髪を整えなければ。無理やり切られたままではな」

駒を置いている最中、アーネストは駒ではなく、ラナを見ていたのだろう。ラナが顔を上げるとアーネストと目が合う。

「え、あ、なんで、無理やり、って」

「素人目《しろうと》でも、それが合意の下で切られたものでないことぐらいは分かるよ」

　ここに来てからリードが手入れをしてくれたおかげで、髪は少しずつ潤いを取り戻し、手触りも良くなった。けれど、不揃《ふぞろ》いであるのは変わらない。いくらリードの手入れが凄《すご》くても限界がある。恥ずかしくてうつむいていると、アーネストが横に座って、優しく頭を撫《な》でてきた。

「どうした？　髪が切られるのは、やはり怖いか？　髪を切ることが得意な侍従にさせるつもりだが……」

「……その、怖くは、ないんです。今更、なんです、が、リードが、手入れして、くれてます、けど、あの、こんな、不揃いな、髪が、は、恥ずかし、くて……」

「恥ずかしくなどない。ラナが耐え、頑張ってきたという証《あかし》だ。私はそれを誇りに思っている」

　心にスッと入ってきた真っすぐな言葉に、救われたように感じ、認められたと思った。

　体にはもう、伯爵家での日々を語る傷は残されていない。食事も最初の頃《ころ》よりは摂《と》れるようになり、少しずつ人とも交流できるようにもなった。そんな中、ただ一つ残っていた目に見える過去の証が髪。

「大切な、ものなん、です。大切に、してたん、です」

　髪は大切なものであり、目に見える両親との繋《つな》がりの一つ。母に似た髪色と、父に似たふわっとした癖毛。叔父の代からの使用人たちが全員いなくなって昼夜仕事漬けになるまでは彼らのおかげで、最低限の髪の手入れはかかさずに行ってきた。

そっと頭を撫でていたアーネストの手が頬に添えられ、上を向かされる。

「失ったものが戻ることはないが、育むことは可能だ。だから、私にその手伝いをさせて欲しい」

太陽のような金の瞳《ひとみ》は優しく、温かい。やっぱり、アーネストは光だ。目が眩《くら》むものではなく、包み込んでくれるようなそんな光。

「公爵、様……ありがとう、ござい、ます」


それから数日経ったラナの部屋。そこにはラナとリード、左胸に小さな向日葵《ひまわり》をつけたオールバックの侍従がいた。あの後すぐにアーネストにより手配が進められたらしく、朝食の席で準備が整ったことを伝えられ、今に至る。

「ラナ様の髪を切るのは向日葵の侍従だぞ」

「よろしく、お願いし、ます」

ラナがそう言うと、向日葵の侍従は右手を左胸の上に置いて深々と頭を下げた。

「けど良かったのか？　ご主人も一緒じゃなくて」

「うん。今は、リードが、整えて、くれてる、から、いいけど、あ、あんまり、見られ、たく、なくて……」

アーネストも同席すると言ってくれていたが断っていた。この髪を誇りだと言ってくれたのは嬉しかったが、切ってもらっている様子をアーネストに見られていると想像した時、見られたくないと思ってしまったのだ。どうせなら、ちゃんとしているところを見て欲しいと。

「ラナ様はその鏡の前の椅子《いす》に座って欲しいんだぞ」

部屋の大きな姿見の前には大きいシーツが敷かれ、その上に置かれた椅子の斜め後ろに髪を整えるための道具が一式置かれている台がある。ラナが椅子に座ると、鏡には座っている自身の姿が映し出される。何時《いつ》もなら後ろでまとめられている髪は下ろされており、その乱雑さを改めて突き付けられた。

「どこ、まで、残る、の、かな……」

「何がだ？」

「な、長さ」

母は髪の長い人だった。キラキラと日に当たって輝くそれは今でも憧《あこが》れだ。いくら伸びてくるとはいえ、できるだけ長さを残したい。とはいえ、不揃いで傷んでいる髪では長さは諦《あきら》めるしかない。

「向日葵の。どうだ？」

リードが向日葵の侍従に声をかけると、侍従はラナの髪を全体的に見たり、触ったりする。

「『長さのばらつきに関しては切られてから時間が経っているため、全体的に余裕をもって切ることができるでしょう。後ろ髪の長さを肩以上にすることも可能です。短く見積もっても、胸部の真ん中ぐらいでしょう』」

リードの声で伝えられたのは嬉しい知らせだった。少しでも願いが叶《かな》うのだと、かつて見た母の髪のようにとはいかなくても、それなりの長さが残ることが嬉しくて仕方がない。

「あり、がとう」

「その言葉はまだなんだぞ。終わってから言ってやってくれ」

向日葵の侍従の方を見ると、彼は一つコクリと頷《うなず》いた。

「じゃ、頼んだぞ！」

向日葵の侍従は切った髪が服につかないようにするための布でラナの首から下を覆うように着け、台に置かれた櫛《くし》を手に取ってラナの髪を梳《す》いていく。次に霧吹きで髪が全体的に濡《ぬ》らされ、再度とかれると、向日葵の侍従が何かを喋《しゃべ》っているのが鏡越しに目に入った。

「『毛先の傷みを全《すべ》てなくすためには項《うなじ》まで切る必要がありますので、今回はばらつきをなくして整えましょう。残った傷みは手入れと数ヶ月に一回の頻度で切っていきましょう。前髪は見本を持ってきているので、その中からラナ様が良いと思うものを探しましょう』」

「わ、分かり、まし、た」

「『では、切りますね』」

後ろから「シャキ、シャキ」と音がして、自分の髪が切られていくのが分かるが、無理やり切られた時のような抵抗感は全く感じなかった。向日葵の侍従も含めて使用人たちがラナに危害を加える存在ではないと分かったからだろうか。それとも、髪を切る上でどうするのかを明確に示してくれたからだろうか。

　確かにそれらもあるが、触れられる手つきの優しさからだろう。無理やり切られた時の暴力的な触り方とは真逆だ。

　部屋の外からの音と鋏《はさみ》で髪が切られていく音、呼吸音に耳を傾けていると、しばらくして鋏の音が止《や》んだ。

「ラナ様、後ろができたみたいだぞ。次は前をやるから、この見本から探すんだぞ」

　絵本よりは少し厚めのそれには、沢山の前髪と横髪の絵が横に二列、縦に三列並んでいる。

「『ラナ様の今の前髪の一番短いところが目の下ぐらいまでありますので、そこに揃えることにはなりますが、それよりも上でしたらどんなものでも整えることは可能で御座います』って言ってるんだぞ」

　とりあえず、できるかどうかで見ていくが、それでも候補は多い。前髪の中心で分けているものや、眉《まゆ》の上まで切られているもの。それに前髪だけではない。横の髪が顎《あご》より下になっているものや、上になっているものもある。そのうえ、一つ一つに髪型の特徴も書かれているとなればもう駄目だ。まず、どれが似合うのかが分からない。ラナがリードと侍従に聞くと、どれも似合うとしか言ってくれなかった。妖精《ようせい》の彼らが本当にどれも似合うと思ってくれているから、さらに迷ってしまう。

「あ、そうだ」

「決まったのか？」

「そうじゃ、なくて、公爵、様に、決めて、もらおうかな、って」

このままでは日が暮れるどころか、一日経ってしまう。それなら、アーネストに頼って意見をもらった方がいい。何より、この場にいるリードや向日葵の侍従ではなく、アーネストに決めてもらいたいと思った。

「分かったんだぞ。じゃ、向日葵の、よろしくな！」

「え、あ、」

ラナが言葉を発するよりも早く向日葵の侍従は出て行ってしまい、少しして戻ってきた。

「『ラナ様、前と横の髪を整えるので、少々目をお瞑《つむ》りください』って言ってるぞ」

「わ、分かり、ました」

言われた通りに目を瞑る。後ろと同様に「シャキ、シャキ」と切られていく音が聞こえてきた。前になってより鋏が近づいたからなのか、鋏の音がさっきよりも大きく聞こえる。瞼《まぶた》の先に光を感じながらその音に聞き入っていると、ふっと音が止んだ。そして、ふさふさした柔らかいもので顔を優しく払われる。

「もう目を開けてもいいんだぞ」

リードに促されるまま、ラナは目を開ける。鏡に映っていたのは紛れもなくラナ自身だが、さっきまでと全く違っている。目の下ぐらいまであった髪は目に少しかかるぐらいまで切られており、横の髪は前と後ろに半分ずつ分けられ、前は頬まで、後ろは肩よりも少し下で揃えられていた。

「後ろはこんな感じだぞ」

リードが少し大きめの手持ち鏡を持って後ろに立っており、それには姿見を通して後ろ髪が映されていた。向日葵の侍従が言っていたように髪の先は肩より下、それも肘《ひじ》近くで綺麗《きれい》に切り揃えられている。髪の傷みは残ると侍従は言っていたが、酷《ひど》く傷んでいる部分はちょうど切られた部分に当たるようで、そこまで傷んでいるようには見えない。

最後の仕上げに魔法による温風で乾かされ、髪専用の香油を櫛で馴染《なじ》ませれば完成である。

切られた髪除《よ》けの布が外されると、そこにはもう、無理やり髪を切られたラナはいなかった。

「ありが、とぉ」

あの状態からここまでにしてくれるなんて、感謝と嬉しさでいっぱいだった。

「『当然のことをしたまでです。それよりも旦那《だんな》様に早く見せに行ってくださいませ。大変、楽しみにしておられましたから』ってさ！　僕もそう思うんだぞ！」

「分か、った」

二人の言葉に甘え、部屋を出る。向かうのはアーネストの執務室。どんなふうに言ってくれるのか楽しみにしていると、すぐに執務室の前に着いた。扉をコンコンと叩くと、中から「どうぞ」という声が返ってくる。中に入ると執務机に向かって書類を見ている彼がいた。

「あの、公爵、様」

「ラナか。切り終わった、んだ、な」

「ど、どうで、しょう、か」

気恥ずかしくてアーネストの顔が見れないが、何も言わない彼に少し不安になる。

「こ、公爵、様？」

「あ、ああ、すまない。とても似合っているよ。元から可愛《かわい》かったが、さらに可愛くなったな」

「あ、ありがとう、ござい、ます」

他《ほか》の誰《だれ》でもないアーネストに似合っていると、可愛いと言ってもらえて嬉しくて仕方がない。

「えと、その、わ、私、リードの、ところ、に、行きます、ねっ！」

嬉しさやら恥ずかしさやらでいっぱいになってしまったラナは、執務室から飛び出すように急いで自身の部屋に戻った。

「ん？　ラナ様、顔がリンゴみたいに真《ま》っ赤《か》なんだぞ」

「い、言わないでっ！」

頭の中でアーネストの柔らかな微笑と『可愛い』という言葉が何回も再生され、夕食まで顔は熱を持ったままだった。

その後、不揃いなのを隠すためにまとめていた髪を下ろせるようになり、鏡の前で動くたびにふわふわとなる様子を見るのは楽しかった。その高揚感も日を経るごとに収まっていき、新しい自分として日常に溶け込んできた頃。自身の中でどうしてもやりたいことがムクムクと顔を出したのだ。

「公爵、様」

「どうかしたか？」

「仕事が、したい、です」

公爵家に来るまでずっと働き詰めだった。唯一の休息は夜遅くから朝早くにかけての五時間にも満たない睡眠のみ。酷い時だと三時間、寝ることができればいい方だった。アーネストでも適度に休んでいるというのに、ほとんど休む暇なく働いていた。

今までは公爵家の生活に慣れるためと、アーネスト観察、屋敷の探検、そしてリードが相手をしてくれていたので何も感じなかった。

けれど、心に余裕ができたことで働いていないことに居心地の悪さを感じるようになり、働かなくてはという衝動が湧《わ》き上がってきたのだ。それに、このまま悠々自適にお世話になり続けることに、一種の罪悪感があった。

「働きたくて、仕方が、ない、というのと、何もしない、というのが、なんだか、申し訳なくて……」

話してはみたものの、アーネストの様子はあまりよろしいものではない。

「だが、保護の対象であるラナに仕事をさせるわけにはいかない。屋敷へ来た当初よりは健康的になったとはいえ、アルバルトから走る許可すら下りていないんだ」

アルバルトとは、ドラグディア公爵家専属医師のこと。大変穏やかなエルフのお爺《じい》さんで、ラナの主治医でもある。アーネストが言っているのは数日前の健診でアルバルトに、『運動はまだ駄目』と言われたことだろう。ラナのことを考えての判断であり、ラナ自身もそれはちゃんと分かっているが、仕事がしたくて仕方がなく、引く気にはなれなかった。

「では、今のラナでもできることをアルバルトに聞いてみようか」

「いいん、ですか？」

「ああ。暢気《のんき》に茶を嗜《たしな》んでいるか、趣味の本を読んでいるだけだからな」

「そう、ですか……。行って、みます」

「そうか。では、行こう」

アーネストはそう言うと、執務椅子から立ち上がった。

「え、あの、お仕事、は？」

「ちょうど区切りがついたから休憩だ。だから、エスコートをさせてくれないか？」

「あ、え、その」

「ラナ様、手を取るんだぞ」

混乱したのを見かねたのだろう。頭の上に乗ってきたリードが助け船を出してくる。

「え、と、お、お願い、します」

差し出された手を取り、アルバルトを探しに行くことになった。

普段は敷地内の東にある診療塔か温室のどちらかにいて、今の時間帯的に温室の方にいる確率が高いらしく、最初はそこへ行ってみることにした。

「きれい……」

日光が当たりやすいようにと南側にある温室には一年を通して、様々な草花が植えられており、美しく花を咲かせている。

「この温室には、国内外の珍しい植物が植えられている。父の趣味が植物収集で、見つけるたびに増やすから庭師が大変な目に遭っているな。その花も先月送られてきたばかりのものだ」

「そう、なんですね。でも、とても、綺麗で、素敵、です」

ラナは白い小さな花の前にしゃがむ。その花は元気に目いっぱい日の光を浴びており、どの植物も生き生きとしている。

「そういえば、アーネスト様の、お父様と、お母様って、」

ここに来てから気になっていたことだ。ラナは屋敷で彼の両親を見たことがなかった。リードから二人の部屋だという場所は案内してもらったが、衣装室の時とは違って覗《のぞ》いてすらいない。既に会っていてもいいはずなのに、姿すら見ないため屋敷にはいないのだろうと見当は付いていた。

「両親は早々に隠居している。先代は私の母で父は婿養子だ」

「そう、だったんです、か？」

女当主が認められていないわけではないが、結構珍しい。子供に恵まれなかったり、娘しかいない場合、親戚《しんせき》から優秀な男児を養子にして跡を継がせるか、養子と実子を結婚させて養子の方を当主とすることが一般的とされている。

「母は少し、特殊なんだ。あの人は加護持ちではないが竜の本能が強く、守られるよりも守りたいという気質で、当主の妻という支える立場は母には合わなかった。だから穏やかな性質の父を婿養子として迎えたんだ」

彼の両親を想像してみた。しっかり者のお母さんと穏やかなお父さん。二人のいいところを受け継いだ結果、優しく、誠実で真面目《まじめ》なアーネストに育ったのだろう。

「さて、私の両親の話はこれぐらいにして、アルバルトを探そうか」

「はい」

さらに奥に歩いていくと、座りながら花を観賞できるよう庭用の白い机と椅子が置かれている空間があった。

「いない、です、ね……」

「何時もなら、ここでお茶を飲みながらゆっくりしてるんだぞ」

「そのようだな。塔の方へ行こうか」

温室を後にし、東の塔へと向かった。

塔は三階建てになっており、屋上もあるようで、下からでも植物のようなものが見える。塔の三階が研究室兼診療室となっているらしい。何時も診察はラナの部屋で行われていたため、初めて来る場所だ。

「流石《さすが》に、今のラナ様に三階まで階段で上らせるのはきついんだぞ」

「屋敷の階段であれば、踊り場があるから休憩することもできるが、この塔にはない……下りて来させるか」

「だ、大丈夫です。上れ、ます」

ただ聞くだけなのに、わざわざ下りてきてもらうわけにはいかない。ラナは慌てて伝えるが、二人はラナに上らせる気は全くないようで、却下される。

「ならば、こうすればいい」

「え、きゃッ」

リードがラナの頭の上から退《ど》いたかと思うと、体を持ち上げられたことによる浮遊感に襲われる。

「これでいいだろう」

「あ、あの、え、」

「どうした?」

何が起こったのか分からず、まずリードを見て、より顔が近くなったアーネストを見て、自分の体を見て、またアーネストを見る。

「あ、あの、これ、って、」

「こうすればラナに負担をかけることはないからな」

膝裏《ひざうら》と背中に腕が回されているこの状況、確実に「お姫様抱っこ」というものだ。確かにこれならば大丈夫なのだろうが、ラナにはあまりにも刺激が強過ぎた。自身の状態を理解した途端、頭から「ボンッ」と湯気が出たかのように顔全体が熱くなる。それだけではなく、アーネストの綺麗な顔が何時も以上に近くて、密着している状況に胸が高鳴って仕方がなかった。

「行こうか」

アーネストはこれがもっともいいと思っているのだろう。微笑《ほほえ》みを浮かべており、自身の腕の中で今にも気絶しそうな者の心中など気付くはずもない。ラナは何度も「三階に着くまで」と頭の中で唱え、気を紛らわせるしかなかった。

階段を上って三階へ行くと、一つの扉がある。その前で降ろされると、アーネストが扉を叩く。中から「はい」という声が聞こえた。

「入るぞ、アルバルト」

部屋には簡易ベッドの他に、机には伯爵家で僅《わず》かばかりに残った本の挿絵で見たことのある、主に実験で用いられるような器具。棚の中にはよく分からない液体や何らかの植物が入っている瓶が所狭しと置かれている。

天井には丸くて透明な球体が吊《つ》り下げられており、その中心の金色の球体が細い棒に十字に貫かれ、棒の先は帯状の輪に繋がっている。輪にはさらに幾重にも帯状の輪が巡っていて、全ての帯に文字らしきものが細かく書き込まれていた。それらの一番外側にはキラキラと光る星のようなものがあり、線で繋がれているものもあれば、そうでないものもある。ラナにとって見たことのないものばかりが溢《あふ》れていた。

アルバルトは読んでいた本を机に置き、優しく微笑むとラナたちの方へ歩いてくる。

「アーネストの坊にリード殿、それにラナ嬢ではありませぬか。ラナ嬢、お加減は如何かのぉ？」

「は、はい、おかげ、さまで」

「それは何より」

アルバルトの穏やかな雰囲気は大変好ましく、ただ話しているだけなのにとても落ち着いた気分になる。

「それで、本日はどうされたのですかな？」

「じ、実は、あの、えと、仕事が、したくて、でも、ちゃんと、しちゃダメって、いうのも、わかってて、けど、やりたくて……」

どうしても許可が欲しいという思いが先走って上手《うま》く言葉がまとまらず、思うように伝えられない。ラナはどうすればいいのか分からず、下を向いてしまう。伝えたいのに伝えられないもどかしさが胸を締め付けた。

「ラナでもできることを教えて欲しい」

勢いよくアーネストの方を向く。自分で説明しなければならないのに、彼に助けてもらって申し訳ないという思いと嬉しいという思いが交錯した。

「公爵、様……」

ラナはアーネストに優しく頭を撫でられる。彼の手はまるでラナに「大丈夫だ」と語り掛けてくれているようだった。

ラナは一つ深呼吸する。アーネストが出してくれた助け船に甘えることだってできる。けれど、それでは意味がないとラナには思えてならなかった。

ラナは一歩前に出て、自身の思いをゆっくりと言葉に乗せていった。今までは大丈夫だったのに急に仕事がしたくなったこと。でも、今のラナの身体的に無理があることを。

「だから、わ、私でも、できる仕事、を、教えて、ください」

話を聞き終えたアルバルトは顎に手を当て、考えている様子だった。

「そうじゃのぉ……アーネストの坊はどう思っておるのじゃ？」

「……無論、保護対象の彼女に仕事をさせるわけにはいかない。だが、申し訳ないという感情を抱いた以上、それが重荷になる可能性が高いだろう」

「そうかそうか。アーネストの坊の言うことにも一理ある。そういうことならば教えてやらんこともない」

「それじゃあ教えて欲しいんだぞ！」

自分のことのように喜んで、「早く早く」とリードがアルバルトの周りをくるくると飛ぶ。

「そう急《せ》かすでない。それよりもまず、ラナ嬢に話しておきたいことがある」

「話、ですか？」

「ああ。その『仕事がしたい』という傾向はとても良いことじゃや。どんな形であれ、自分から何かをしたいと思うのは、心に余裕ができてきた証拠。着実に前に進めているということじゃや。それは自信を持ってもいい」

ラナ自身も少しずつ変われてきているのは実感していたが、その成長をちゃんと見てくれていて、褒めてもらえるのは嬉しいことだった。喜びに浸っていると、笑顔だったアルバルトが少し表情を硬くする。

「じゃが、今のお前さんの思いは『したい』というよりは『しなければならない』に近いものじゃろう」

「え？」

ラナは思わず声を漏らす。どこから「しなければならない」が出てきたのだろうか。ラナの思いは仕事が「したい」だ。どこが「しなければならない」となったのか分からない。

「どういうことか分からんという顔じゃな。では聞くが、なぜ仕事を『したい』と思ったんじゃ？」

「それは、自分だけ、何も、してないの、が、申し訳、なくて」

「では、ラナ嬢は自分の体の状態を知っておる。それでもなお仕事がしたいんじゃろ？」

「……はい」

「もうそれは、自己犠牲と言ってもいいじゃろうて」

そんなつもりは全くないのに、不思議と受け入れられる。

アルバルトはラナでも分からない体のことを知っている。もう元気だと思っても、彼にとってはそうではない。その証拠に、体の状態を一から十まで分かりやすく教えてくれていた。どれだけラナの体が悲鳴を上げているのか。それを治すために休養することの大切さを。

「ラナ嬢、今のお前さんの仕事は休むことじゃ。それは分かるな？」

「……はい」

「確かに『しなければならない』は時としてとても重要なことじゃ。それが原動力になることもあるが、今のお前さんには毒でしかない」

アルバルトの言葉に反感を持たなかったのは、薄々だが感じていたからだろう。「しない」ということに対しての罪悪感であることに。それをくみ取ったからこそ、アルバルトは「しなければならない」と言ったのだ。

「じゃから……勉強をしてみんか？」

「え、」

「お前さんは物事を知らなさすぎる。今までの環境を鑑《かんが》みれば当たり前のことじゃが、今必要なのは仕事ではなく、『学び』じゃ」

「学、び……」

「お前さんは知らねばなるまい。この世というものを。『学ぶ』ということは『己を見つめること』じゃ」

ラナにとって学びとは、とても痛くて、辛《つら》いものでしかなかった。本当はそれだけではないのだろう。アルバルトの提案は目の前の霧を晴らすには十分過ぎるもので、それが、今できることなのだと思った。

「わかり、ました。頑張ってみ、ます！」

明確なやるべきことができ、何かがしたいという想《おも》いが満たされていく。

「ただし、無理は禁物じゃ。無理して学んでも、それは学びではないからのぉ。後のことは隣におるアーネストの坊が何とかしてくれるじゃろうて」

「ああ。ラナが励める環境を整えよう」

アルバルトの微笑まし気な笑顔が陰ることがないよう、絶対に無理はしないと心の中で誓う。

それから、塔を下りることになるのだが、上ってきた時のようにお姫様抱っこされることになるとは、この時のラナはまだ思ってもいなかった。

後日、とんとん拍子に話が進み、勉強を始めることとなった。教えてくれるのはなんとアーネストだ。理由としては、今のラナの精神面を考え、複数の講師に教えを乞《こ》うよりも、一人に絞った方がいいだろうとのことだった。アーネストならば貴族社会や魔法だけでなく、十二神獣家の当主の一人として帝国の歴史などにも精通しているため、教えられる幅が広い。そして、その補助をリードが行うことになった。リードはともかく、アーネストはただでさえ忙しい。それなのに、講師までしてもらって大丈夫なのか気になったラナはセドリックに聞いてみた。

「そこはご安心くださいませ」

セドリック曰《いわ》く、暇だからという理由で期限がまだ先の仕事を進めているだけらしく、もっと休んで欲しいというのが本音なのだという。執務室で行われたこの話を、仕事を行いながら聞いていたアーネストを見ると、気まずそうに顔をそらしたことから、全部事実であることが証明された。

「では、始めるぞ」

場所は公爵邸の図書室。時間帯は午後六時から、夕食の七時まで行われる。

アーネストは白くて細い棒を持って黒板の前に立っており、リードは侍女の姿で、お茶を用意している。補助とはこのことらしい。リードは用意し終えると、何時もの子犬の姿に戻った。

ラナは授業のために椅子に座って机に向かい、黒板を見る。

「まず貴族の階級からだ。ヴォラグディア帝国にはヴォラティアス皇帝一族を筆頭に、上から公爵、侯爵、辺境伯、伯爵、子爵、男爵、騎士爵の全部で七種類の爵位がある。公爵、侯爵、辺境伯、伯爵は自身の領地を持っており、子爵と男爵は主に公爵と侯爵、伯爵が持っている土地の管理を行っているんだ」

「管理？」

「そうだ。この四種の爵位が持つ土地は一つの一族が管理しきれる広さではない。そこで、土地をいくつかに分け、管理者を置くことによって領地運営を円滑にしているというわけだ」

納められていた税の名義は全てその土地の名前だったため、直接領民から税を納めてもらっているものだと思っていた。独学と教えてもらうのでは、明らかな差があると感じる。

「最後に騎士爵は身分にかかわらず、大きな手柄を立てた騎士や帝国が主催する大会で優勝した騎士に功績として与えられ、一代限りとなっている。この爵位に領地が与えられることはなく、勲章という扱いだ。ここまでは理解できたか？」

「はい。大丈夫、です」

「では、次に貴族の仕事や生活について。一般的な貴族の仕事は、領地経営と高貴なる義務の二つだ」

「高貴なる、義務？」

「そうだが、まずは領地経営から。領地経営は、必ずその家の当主が行わなければならないと法で決められている」

「え、」

「どうかしたのか？」

「え、っと、当主が行わな、くて、代理の人が行うことも、できます、か？」

質問の意図がよく分からなかったようで、アーネストは「どうしてか」と問い返してきた。

「その、あの家に、いた頃、執事の人が、やって、いて、その人が、辞めさせ、られて、私が代わり、に……」

「……なるほど」

アーネストの雰囲気がガラリと変わり、凍えるような目をしている。ラナはその様子に少し怖くなった。それに気付いたのだろう。彼はハッとし、すぐに謝ってきた。

「すまない。ラナに怒ったわけではないんだ」

「大丈夫、です」

彼の怒りはラナに向けられているものではなく、ラナのためのものだ。

「では、ラナの疑問に答えよう。領地に関することは領地を管理している家の当主、ドラグディア公爵家なら私が行わなければならない。だが、例外もある」

黒板にアーネストと公爵邸を簡単にした可愛い絵と、アーネストの絵のすぐ下に「病気」と「事故」の文字がかかれていく。分かりやすいように配慮してくれたのだろうが、アーネストが自身の姿を簡略化して描いた絵を、可愛いと思ってしまう。

「当主が何らかの事情で業務を行うことができない事態に陥った時だ。この場合に限り、当主の成人済みの子供か、先代当主が業務を行うのが通例となっている。しかし、成人した子供や先代もいない場合、爵位を持った領地経営ができる者、もしくは国に勤めている役人かつ皇帝が選んだ者を代理人として派遣してもらえる制度があるんだ」

公爵邸に向かって四つの矢印が伸ばされる。全ての矢印の根元に人を簡単にした可愛い絵が描かれ、一つ目には「子供（成人）」、二つ目には「先代」、三つ目には「貴族」、四つ目には「役人」と書き加えられた。

「仕事の補助で執事や夫人が行うことはあるが、当主主導であることは変わらない」

ラナは、今まで行わされていたことが間違いであったことに気付く。それも、犯罪であると。どんな罰則があるのか怖い。

「君が行わされていたことに対する罰則について、私からは何も言えない。だが、悪いようにはならないだろう」

「そうだぞ！　心配しなくても大丈夫だぞ！」

「公爵、様、リード……」

二人の存在が凄く心強かった。例え、重い罰を下されても乗り越えられると思わせてくれる。

「では、次に高貴なる義務について」

黒板の空いている場所に新しく、綺麗な字で「高貴なる義務とは」と書かれていく。

「これは貴族が持っている義務の一つで、要約すると『困っている人がいたら助力しなければならない』という道徳観に基づくものだ。法で定められているわけではないが、義務を放棄すれば道徳を軽視しているとされ、貴族社会では良い印象を抱かれることはないな」

そう言いながら、彼は黒板に病院や教会の絵を描き足していった。

「高貴なる義務を行う方法は複数あるが、病院へ寄付や慰問、教会が運営している孤児院への寄付や訪問などの慈善活動が主となっている。ここまでで質問はあるか？」

「いえ、とても、分かりやす、かったです」

「そうか。まだ時間はあるが、体調はどうだ？」

「大丈夫、です」

初めての授業ということもあり、疲れていないかどうか心配したのだろう。知らないことを知れるという満足感から、疲れなんて全くなかった。

「アルバルトが言ってたように無理をしていないか？」

「無理は、していません。今、とっても楽しい、です」

無理やり詰め込むのではなく、必要に駆られてでもない勉強は新鮮で、もっと知りたいという思いが溢れてくる。

「使徒の加護や加護持ちに関する話をして終わろうか」

その内容に、少し身構える。まさか加護についての勉強になるとは考えておらず、思わず伯爵家でのことを思い出し、怖くなった。

ラナは自分が兎《うさぎ》の加護持ちであることは知っている。二桁《けた》にもなっていない頃のこと。初めて「ハズレ持ち」と叔母に言われた時、どういう意味なのか全く分からなかったため当時の使用人に「ハズレ持ち」について聞いてみた。使用人は驚いていたが、すぐに悲痛な面持ちになり、「ハズレ持ち」について教えてくれたのだ。

曰く、「ハズレ持ち」とは「ハズレ加護」である「兎の使徒様の加護」を持っている「加護持ち」のこと。

曰く、「兎の加護」は他の加護と違って何の力もなく、平民でも使える魔法が一切使えない。

曰く、ただ兎の一族であるという証明に過ぎないため、「ハズレ加護」と言われ、「ハズレ持ち」と呼ばれている。

まだ幼い身であったラナでも、すぐに理解した。自分が「兎の加護持ち」であることを。そして、「ハズレ持ち」がラナへの否定であり、罵倒《ばとう》であることも。

「まず、ラナの加護について話そう」

自分が加護持ちであることはアーネストどころか、誰にも言っていない。

「ど、どうして、」

「それは、教えられずとも誰がどの加護を持っているか判別する方法がいくつかあるからだ。一つ目は、身体的特徴。羊《ひつじ》の加護持ちが一番分かりやすく、頭に二本の羊の角がある。ラナにも兎の加護持ち特有の特徴があるはずだ」

ラナは右側の二の腕をそっと押さえる。この紋章のようにも見える生まれつきの痣《あざ》がそうなのだろうと直感的に分かった。今までは体の一部としか認識していなかったのに、少し忌々しいものに感じる。

「次に妖精。彼らを生み出したのは神であるため、その使徒である十二神獣の加護を持っている加護持ちが判別できる」

お風呂で痣について聞いた時のことを思い出す。隣のリードに顔を向けるとリードは縦に頷いた。

「最後に、特定の加護持ち同士の間に起こる『リンク』という現象。片方、もしくは両方の場合もあるが、一目見た瞬間、相手が加護持ちであると分かるんだ。これは加護による本能であり、加護に刻み込まれているとされていて、例を挙げるならば兎と竜、もしくは兎と虎、他にも犬と猿の間にも起こるものだ。私がラナを兎の加護持ちだと分かった理由でもある」

「リンク……」

それならば納得がいく。アーネストはリンクによって既《すで》に気付いていていた。牢屋《ろうや》で出会ったあの瞬間に。そして、ラナが初めてアーネストを目にした時に感じたものがリンクなのだろう。

「ラナの加護はラヴィアライト公爵家の先祖、兎の使徒様の加護だ。そして」

　ギュッと目を閉じ、次に発せられるアーネストの言葉に備えた。彼にまで「ハズレ持ち」と言われてしまうのかと。

「十二ある加護の中で、一番守らなくてはならない加護だ」

「え、」

「ん？　どうかしたか？」

　うつむいていた顔をバッと上げる。目の前にはアーネストの不思議そうな顔があったが、気にしている余裕などない。

「それって、どういう、」

「兎の加護の能力は『癒し』だからだ」

「いや、し？」

「ああ。兎の使徒は使徒の中で唯一、自身だけでなく、生きてさえいれば肉体の欠損と老衰以外の他者の怪我《けが》や病気を治癒できるとされ、その加護を持つ者も癒しの能力を使用することができるんだ」

　誰でも使える魔法すら使えないのに、そんな力など使えるはずがない。けれど、アーネストが嘘《うそ》を吐《つ》いているようには見えない。

「だが、成長に合わせ力が強くなる他の加護とは違い、兎の加護は生まれた瞬間から強大な力を宿していて、未成熟な体を壊しかねない。そのため癒しの能力だけでなく、魔力自体を封じられている。魔法が使用可能となるのは体が成熟する、十六から十八歳になってからだそうだ」

今まで、兎の加護は意味のないものだと思っていた。けれど、そうではなかったのだ。確かに、あの環境から救ってくれるものではなかったが、ただ、その時ではなかったというだけ。

「兎の使徒は遠くの音を聞き分けるほど耳が良く、兎の加護持ちもそれを受け継いでいるらしい」

確かに耳は昔から良かった。普段でもよく聞こえるが、より意識すれば部屋にいながら少し離れている団らん室にいる叔父夫婦の会話までも聞くことができたほどだ。

「他にも、兎の使徒の象徴である月と深く関係し、月の満ち欠けに左右されると聞く。能力の発現に関しても満月の日に起こるそうだ」

言われてみれば、満月の日は音が鳴っている位置がより正確に判別できる。対して、新月の日は耳の調子が悪くなった。普通に会話する程度には聞こえるものの、収まりが悪いような違和感がある。

「他者を癒せることで数多《あまた》の危険に晒《さら》される兎を守るため、竜と虎は神から役目を与えられた。それによって兎と竜、もしくは虎との間にリンクが生まれたんだ」

それを聞いた時、何か忘れているような感覚に支配され、頭が「ツキンッ」と痛む。しかし一瞬で、すぐに痛みが消えたこともあり、忘れているような感覚も忘れてしまった。それより、ラナには気になることがある。

「どうして、危険に、晒されるん、ですか?」

他者を癒すことができるのは素晴らしいことだ。死ぬ運命にある人も救える。どんな危険があるのか想像がつかなかった。

「兎の身に起こる危険については一から説明していこう。ラナは使徒たちがまだ地上にいた頃にあった世界戦争を知っているか?」

「はい。絵本で、読んだり、教会で、教えて、いただきまし、た」

帝国には戦争の恐ろしさが書かれた本がいくつもあるが、世に出回っているものはあくまで子供向けのもの。教会ではよりその凄惨《せいさん》さを教えられ、幼い頃から戦争についての悲惨さを知ることができた。ラナも、そういった類《たぐい》の話を聞いたり、書物で読んだことで知識としてはある。

「世界戦争はヴォラグディア帝国建国前から起こっていた。目的は豊かな土地を得ること。神がこの地の民草に慈悲を与えて十二使徒を遣わしたことで、ヴォラグディア帝国は豊かな土地になった。その結果、この国も戦火に巻き込まれ、兎の使徒は悪しき者たちに狙《ねら》われることになった」

「ど、どうして、そんな、」

「戦争では数多の人間が命を落とし、負傷するだろう」

ここまで言われればもう、答えは出ているようなもの。戦争により数えきれない人たちの命が消える。消えたものは取り戻せない。けれどアーネストが言ったように、生きてさえいればいいのだ。

「怪我人を、治させる、ため？」

「そうだ。怪我人を兎に治療させて再び戦場へ向かわせるため、当時の各国は兎の使徒を奪い合うかのように求めたそうだ」

「……」

言葉が出なかった。怪我は痛い。鞭《むち》で打たれたヒリヒリとした痛さ。熱された火かき棒で叩かれたジクジクした痛さや骨が軋《きし》むような痛さ。痛さに種類はあるけれど、そのどれもが痛かったし、苦しかった。戦場ではまた違う痛さがあるのだろう。それらを与えられては治されを繰り返す。何回も、何回も。いつ終わるかも分からず、休まる時などなく、何度も死ぬような目に遭い続ける。こんなことが起こりえるかもしれなかったと想像すると、恐ろしいという言葉では表現できない。

「兎の現状を知った神は、竜と虎に兎を守護する役目を与えた。そして、兎の子孫も守るために竜と虎の子孫にも先祖の使徒同様に加護、そして血筋に兎を守護する役目を与えたんだ」

ラナは、なぜ自分が公爵邸で保護されているのかを理解した。まだ覚醒《かくせい》していないとはいえ、兎の加護持ち。それだけで価値がある存在だからだ。

「な、なら、どうして、兎の加護持ちが、ハズレだなんて……」

「だからこそだ。時が流れ、十二使徒が神の元へ帰り、戦争も昔のことになった頃、『兎の加護持ちには人に永遠の若さを与えることができる』という噂《うわさ》が流れた」

「え、」

「根も葉もない噂でしかない。事実、治癒の能力はあっても、それ以外は一般人と変わらないからな。ただ、すぐに消える噂だという予想に反し、伝言遊びのように拗《ねじ》れて広まってしまった。最終的に『兎の一族の血肉には永遠の若さを、兎の加護持ちの血肉には永遠の命を得る効果がある』となり、兎の一族のほとんどが命を落とした」

「――――ッ！」

「当時、十二神獣家はあるものの、公爵という地位はなく、自身の先祖である使徒の教会で生活していた。身分も教会の聖職者であり、非常に狙いやすかったんだ。最終的に兎の子孫はまだ幼い、加護持ちだった兄とその妹のみとなった」

「二人、だけ」

「この事態に当然、十二神獣家と国も動いた。今回は兎だけだったが、他の十二神獣家にも起こり得ると危惧《きぐ》し、国がより使徒の子孫を守れるようにと十二神獣家を十二の公爵家とし、兎の加護に関する情報は全て秘匿《ひとく》扱い。さらには『兎の加護には何の力もない』と新たな噂を流し、それが定着したことで『ハズレ』と言われるようになったというのが事の経緯だ」

ラナは背筋が凍るような感覚に陥った。

先祖に起きたことは変えられないし、今はもう遠い昔のこと。それが原因で無能扱いされても、命を思えば最良の結果と言える。

それよりも、この話は決して他人事《ひとごと》ではない。現に、竜の加護持ちであるアーネストの下で保護されている。ということは、今もラナに危険が迫っているということに他ならなかった。

自分も先祖のような目に遭うかもしれない。血を抜かれ、肉をそがれ、永遠を手に入れんとする者たちに抵抗することも叶わない。ただ蹂躙《じゅうりん》される未来を想像し、震え始めた体をぎゅっと抱きしめる。すると、ラナの体が温かい熱に包まれた。うつむいていた顔を、彼の方へ持ち上げられる。

「大丈夫だ。私が必ず守ってみせるから」

「公爵、様……」

「僕もいることを忘れないで欲しいんだぞ」

リードが見つめ合っていた二人の間に入るように声を上げた。机に座っているリードの頭を優しく撫でる。

「あ、公爵、様、ありがとう、ござい、ます」

アーネストは一つ頷くと微笑みかけてくれた。

勉強会から数日経ち、ラナはリードとアーネストの付き添いの下、治療塔でアルバルトの診察を受けていた。今日から塔での診察に切り替わったのだ。アルバイトは聴診器でラナの心音を聞いたり、喉《のど》を見たり、服の上から腕の太さを触ったり、体重や身長を測定する。

「特に異常は見当たらんかった。体重はまだ標準よりも少ないものの前回よりも増えておるし、身長は三ミリ伸びておる。まぁ、順調といったところかのぉ。食事の方はどうじゃ？」

「すぐに満腹になるのは変わらないけど、少しずつ食べる量は増えてるんだぞ。ねぇ、ラナ様」

「う、うん。何時も美味《おい》しく、いただいて、ます」

「それは何より。言葉の方も詰まりが少なくなってきましたな。その調子でどんどんお話しなされませ。ラナ嬢のそれは、長期間の精神的圧力をかけられ続けたことと人と話す機会の少なさからくるもの。こちらも、少しずつ良くなっていきますからのぉ。焦らずに治していきましょう」

「はい。せ、先生」

アルバルトはラナの返事に笑顔で頷くと、一つ提案をしてきた。

「そうじゃ、ここまで元気になったんじゃから、体力づくりをしてみたらどうじゃろうか」

「もう大丈夫なのか？」

「これぐらい元気なら問題なかろうて。まだ激しい運動や長時間の活動の許可は出せんが、小走り程度の軽い運動ぐらいならやっても大丈夫じゃろう。もちろん、適度に休むことが条件じゃがの」

ラナは昔から動くのが好きだったため、アルバルトの許可はとても嬉しいものだった。両親がまだ生きていた頃は領地にある伯爵家所有の野山を駆け回って遊んでおり、服を汚して帰ったり、掠《かす》り傷だらけになったりしては使用人たちを困らせたものだ。

その後、運動についての注意点などを教えてもらって無事に診察が終わり、リード、アーネストと共に本館に戻る最中のこと。

「ラナ、明日《あす》の勉強会は帝国の地理について行う予定だったが、ダンスに変更しようと思う」

「変更、ですか？」

「ああ。軽い運動の許可が下りたからな。ダンスには緩やかなものもあるから、運動にいいだろう。それに、勉強の一環にもなるから」

アーネストの言う通りなら軽く体を動かせるし、貴族として生きていくのなら、いつかは社交界に出て、踊る機会が必ず来るだろう。

「ダンスの練習では相手役の他に、ダンスの様子を見る第三者がいる方が望ましい。ラナの相手役は私が行い、第三者はセドリックが。もっとも、リードができれば良かったのだが……」

「僕にそこらへんは無理なんだぞ。ダンスというか、人間の生み出す物には興味はあるけど、人間や人間が行うことになんか興味ないからな」

「そう、なの？」

「うん。興味がないから良し悪しなんて分かんないんだぞ」

「妖精は、気に入った人間や物には積極的に関わろうとするが、興味がないものは視界にすら入れないことがほとんどだからな」

　リードや使用人たちがとても優しいので、妖精はこんなにも親しくしてくれるのかと思っていたが、そんなことはないらしい。

　妖精は厳しい決まり事の中で生きているため、嘘を吐くことができない。だからこそ、嘘を吐く者を見分けられ、嘘吐きには絶対に従わない。逆に、正直で純粋な者が好きで、その中でも関わるのは本当に気に入った人間だけ。例え契約者の命令でも本当に命令されただけの最低限で、常に気遣ってくれるというわけではないという。

「妖精って気分差が激しいというか、とにかく飽き性が多いんだ。今日は気に入っていても次の日には何とも思ってないとか、よくあることなんだぞ」

「そんなに、なんだね」

「そうそう。まぁ、僕は例外だけど、契約だって妖精はあんまりしないんだぞ。けど、ラナ様は別だぞ。ラナ様の魂はとっても綺麗で妖精好みだぞ。妖精に攫《さら》われないようにしないとな」

「え、」

「リード。あまり怖がらせるな」

攫われると聞き、少し強張《こわば》ったのが分かったのだろう。アーネストがリードを窘《たしな》める。

「リードにラナの護衛を任せた理由は、守りと攻撃に長《た》けているからだが、妖精への対策でもある。昔からドラグディアと妖精は関わりが深く、ほとんどの妖精はドラグディア領で暮らしているんだ。しかし、珍しいもの見たさに帝都に近いここへ来る妖精も多い。人の中に悪い者もいるように、妖精の中にも無邪気ゆえの……人でいう悪があるから、リードを護衛にすることでそういう類の妖精を退けられる」

「僕は妖精の番犬だからな。妖精は番犬のものには手を出さないんだぞ」

なぜ護衛も兼ねているのかと少し不思議ではあった。頭に乗れるぐらいには小さく、強いようには見えない。それでも番犬と言われ、剣も魔法も強いアーネストに護衛を任せられるぐらいだ。リードも強いのだろう。全くそうは見えないが。

「それと契約については、僕はご主人というか、ドラグディア一族が好きだからここにいるんだぞ」

「あ、公爵様の、一族が？」

リードがアーネストを気に入って契約していると思っていたが、そうではなかったことに思わず質問していた。

「そうだぞ。ドラグディア一族は十二神獣家の中で一番、純粋な妖精やミフリー関係なく対等に見ることができるからな」

ラナが見てきた中で、アーネストはリードとセドリック、アルバルト、使用人たちに優劣をつけて扱ったことなど一度もない。きっと、アーネストは種族ではなく、常に個として相手を見ることができるからだろう。

「それだけじゃないんだぞ。昔はミフリーが少なくて、人間だけじゃなく妖精からもミフリーは『混じり物』として疎まれていた時期があったんだぞ」

「そんな……」

とても優しい彼女たちが疎まれていたなんて信じたくないが、事実として酷い目に遭わされた者もいたという。

「クー・シーの役目は妖精を守ること。例え一滴でも妖精の血が入っていれば彼らの守る対象となるそうだ」

「でも、僕らがどれだけ頑張っても守り切れなかったんだぞ……でも、それを救ったのが！」

「ドラグディア、公爵、家……」

「そうなんだぞ！　当時の想いをドラグディア家は受け継いでる。だから僕はドラグディア一族が大好きなんだぞ！」

公爵邸で働いているほとんどがミフリーだ。特に人型の妖精であるシルキーとのミフリーが多く、純粋な人間の使用人はセドリックだけである。

「ミフリーと言っても、ここにいるのは妖精の面が強い者達だけだ。今は彼らに対しての知識も広まり、帝国では純粋な人間と変わりはないという認識になっているが、妖精の面が強い者たちはどうしても妖精や人間の中では生きにくい。そこで歴代当主は彼らと契約を結び、人の面、妖精の面を否定しないことで、人としても妖精としても安定させたんだ」

「そうだったん、ですね」

公爵家と妖精の間にある関係性を知り、リードが言う「心地いい」の理由が分かった気がした。自分を否定されず、人としても妖精としても認めてもらえる。今まで「ハズレ持ち」と否定されてきたラナにとって、それがどれだけありがたいことなのか、知っているから。

それからも他愛もない話をしながら、今日の勉強会を行うため、図書室へと足を進めた。


「ワン、ツー、はい、そこでターン」

一夜明けた午後。図書室の机と椅子が端に寄せられ、図書室に広々とした空間が出来上がっていた。その真ん中で踊っているのはラナとアーネスト。寄せられた机でお茶の準備をしている侍女姿のリードに、手を叩いて拍子を取っているセドリックがいる。

昨日《きのう》、アーネストが言ったようにダンスの授業を行うことになった。前半はダンスの基礎的部分を座学で行い、後は実践あるのみとリードが魔法で踊れる空間を作ってくれて、セドリックの指示の下、ダンスの練習に入っていた。

「では、一旦ここまでに致しましょう」

「そうだな、疲れただろう。休憩にしよう」

ラナが、リードが用意してくれていた椅子に座り、紅茶に舌鼓を打っていると、図書室の扉が叩かれる。アーネストが声をかけると扉が開かれ、一人の侍従が頭を下げてから何かを言った。やはり聞こえない言葉だったが、セドリックは「申し訳ございません、少し外します」と言い残して図書室を退室した。

「ラナ。ダンスの最中、時々上の空になっていたが」

「す、すみま、せん。少し、どうしても、考え事、してしまって……」

「考え事？」

「使用人の、皆さんに、お礼が、したいんです」

ラナは使用人たちの話を聞いて、彼らに共感したのと同時に納得もしたのだ。彼らの言葉と行動の中には、ラナを否定するものは一切なかった。それどころか、ずっとお世話をしてくれて、立ち直れるようにと配慮してくれた。日に日に募っていく、言葉だけでは伝えきれない感謝をお礼という形で表したいと考えたのだ。アーネストや歴代公爵家当主のようにとはいかないまでも、彼らの存在を自分も認めていることを伝えられるのではと。

「そういうことだったのか」

「はい。集中できなく、て、すみません」

「いや、重要な点は十分に行えているから大丈夫だ。お礼は何か考えているのか？」

「はい。何か形に、残る物がいい、と思うのですが……」

「何かお買いになるのでしたら、ラナ様に組まれている予算をお使いになっては如何でしょうか？」

そう声をかけてきたのは用事が終わったセドリックだった。

「もう終わったのか」

「はい。抜けてしまい、申し訳御座いません。それで、先ほどのお話ですが、」

アーネストとリードに話したような説明をし、セドリックは頷きながら聞いてくれた。

「なるほど、そうで御座いましたか」

「はい。それで、予算はあまり使いたく、ないなって……」

「なんでなんだぞ？　パーッと使っちゃえばいいぞ」

「だ、駄目だよ！　そ、そもそも、なんで私に予算が、あるのかは、分からない、けど、それは公爵家の、お金だから。それじゃ、お礼にならないと、思うの」

「ラナ……」

お礼をしたいのに、ただ与えられているもので見繕って渡したところでそれは意味がない。

「じゃあ、お手伝いはどうだ？」

「お手伝、い？」

「そうですね、軽いものにすれば運動にもなりますし、お駄賃を貯《た》めればお礼の品物も購入可能でしょう。お駄賃はラナ様の予算から出しますので、問題ありません」

ラナには仕事とお手伝いの違いがよく分からなかったが、それならお礼の品を手に入れることができると思い、その提案に乗ることにした。協力的な様子の二人に対し、それに待ったをかけたのはアーネストだった。

「ラナの気持ちは分かるが、竜としては君には穏やかに、健やかに過ごしてもらいたい。予算内ならば、いくらでも構わないし、むしろ使って欲しい。勿論、君の性格上それを望まないことも十分分かっているつもりだが……」

「公爵、様……」

眉間《みけん》の皺《しわ》からアーネストの葛藤《かっとう》が見て取れる。ラナの意思を尊重したいという思いと竜の本能であるやらなくていいという感情の二つが彼の中で戦いを繰り広げているようだった。

リードとセドリックはその様子に一つ溜息《ためいき》を吐き、顔を見合わせて頷き合う。

「ラナ様、ちょっといいか」

リードに呼ばれ、二人から少し離れた。セドリックはアーネストを説得してくれている。

「ちょっと耳を貸すんだぞ」

耳打ちされた内容はとても恥ずかしいもので、アーネストが頷いてくれるのかと思った。

「そ、そんなことで、」

「絶対に成功するんだぞ」

得意げなリードは自信満々だが、ラナは成功すると思えなかった。アーネストたちの方を見ると、まだ話している。

「旦那様のお気持ちも十分に理解していますが、あえて言わせて頂きます。それではラナ様のためにはならないかと」

「理解はできるが、ラナは今まで散々労働を強いられてきたんだ。単純な手伝いとはいえ……」

セドリックの説得は難航しているようだった。竜の本能が強いアーネストはラナを守りたいという想いが強く出ている。心配してくれるのはありがたいことだが、今回は認めて欲しい。

「仕方がありません。ラナ様、お願いします」

セドリックの掛け声で、意を決してアーネストの前に立つ。

「ラナ様、やるんだぞ」

「わ、分かった」

ラナは深呼吸をして、覚悟を決めた。左手で彼の右袖をちょんと掴《つか》み、右手を猫の手のまま口元に持っていって、上目遣いで彼を見上げる。

「お願い、します」

羞恥心《しゅうちしん》に耐えながらリード直伝のお願いの仕草をアーネストに行う。彼はピシリと固まり、ギギギという音が聞こえそうな感じでリードを向く。リードはアーネストに向かって、「ハッ！」と鼻で笑い、ドヤ顔をした。彼は手を自身の両目に当て、大きく息を零《こぼ》す。

「……セドリック」

「はい」

「…………ずるいだろう」

「何がで御座いましょうか」

アーネストは口を閉ざしてしまった。上を向いていて手を当てているため表情は分からない。こんなことで彼が了承などするはずがなかったのだ。ラナが駄目かもと思っていると、突然、彼の閉ざされていた口が開き、長い溜息を吐いた。

「……皆に話を通しておけ」

「かしこまりました」

「ラナ様、いいって！」

「あ、ありがとう、ございます！」

あっけなくアーネストの本能はラナ渾身《こんしん》のお願いに破れ去った。

それから始まったお手伝いは順調そのもので、全く苦もない。というのも、全てセドリックがアルバルトと共に監修、管理しているため、大変配慮されたものとなっているからだ。内容はお皿を拭《ふ》いたり、食卓机を乾拭きしたり、花瓶の水を入れ替えたり、花瓶に生ける花を温室から摘んできたりと本当に簡単なものだった。

楽しんでいたお手伝いだったが、思わぬ効果を発揮した。自然と使用人たちとの関わりも多くなり、より言葉の練習ができるようになったのだ。また、直接的に関わることがどうしても少なくなってしまう庭師や侍従たちとも交流を持つことが多くなっていき、より、ラナのお礼をしたいという思いも増していった。

今日のお手伝いは温室の花を使用人の共有場である使用人室へ届けること。部屋は温室の反対側にあるため、近くの出入り口から入り、使用人室を目指す。

「はい、かしこまりました。当主にはそのようにお伝え致します。……いえ、こちらこそありがとう御座います。では、失礼致します」

通りがかった玄関ホールの階段近くの壁際に設置されている魔道通話機でセドリックが誰かと話していた。魔道通話機は雷の力を帯びている魔石を動力にしている、遠くの人と話をする機械だ。連絡をする手段としてハトやフクロウを飛ばすよりも早いと、少しずつ普及してきているものらしい。その通話がちょうど終わったところだった。

「セドリックさん」

「おや、ラナ様とリード殿」

「何かあったのか？」

「いえ、急遽《きゅうきょ》、お客様がいらっしゃるとのことで、その連絡を受けておりました。これから旦那様にお伝えに行こうかと……ああ、そうですラナ様。その花を持って行った後で構いませんので、一つお手伝いをしては頂けませんか？」

「わ、分かり、ました。それで、何をすれば」

「ありがとう御座います。旦那様に今の通話のことを伝えに行って頂きたいのです。こちらの紙に内容は書いてあります。これを旦那様にお渡しください」

「分かり、ました」

ラナは使用人室へ行き、そこにいた侍従に花を渡すと、アーネストがいる執務室へ向かう。執務室の扉を叩くと、中から「どうぞ」という声が聞こえてくる。扉を開けて入ると、机に向かい、書類にペンを走らせているアーネストの姿があった。

「え、っと、あ、公爵様……」

「ん？　ラナか。どうかしたのか？」

アーネストは羽根ペンを筆立てにさして立ち上がった。ラナはアーネストの元へと向かい、持っていた折り畳まれた紙を彼に手渡す。

「その、セドリックさんの、お手伝いで、通話機の内容、を伝えに来まし、た。ここに、書いてある、みたいです」

「そうか、ありがとう」

アーネストは手渡した紙を開き、内容を確認すると、畳み直して執務机の上に置いた。

「セドリックに『了解した、ありがとう』と伝えてくれないか？　それと明後日《あさって》、私の友人に会って欲しいと思うのだが、大丈夫だろうか？」

「ご友人に、です、か……？」

「ああ。彼は私の学園時代からの友人なんだ。個性が強いが優しく、私が最も信頼している人物の一人だ。ぜひ、ラナに会って欲しい……どうだろうか？」

今までアーネストがラナに何かを要求するのはラナのためを思ってのことで、友人に会って欲しいというのは彼自身からの初めてのお願いだった。その願いに応えたいと思うが、まだ見ぬ人に会うと考えると、少し怖い。確かに、アーネストのことを信用しているが、信頼まではしていなかった。

けれど、アーネストのことを信じたい。

それに、これからは初めて会う人とも会話をしなければならない時が必ず来る。その相手がアーネストの親友である今、会話に慣れるための絶好の機会だと考えたのだ。前へ進むための一歩だと。

「……会って、みます」

「！　ありがとう」

両手が彼の両手によって包まれる。大きくて、努力をしてきた人の手だった。その温もりは一人ではないと教えてくれているようで、勇気づけてくれるのに十分だった。

そして、アーネストの友人が来る日となった。玄関ホールではラナがアーネストの横で何時かのように彼の袖をちょんと掴んでいる。もちろんリードはラナの頭の上にいて、その背には小さい袋を背負っていた。

「リンセント様、ライゼルド様のご到着で御座います」

入ってきたのは二人の男性。一人は黒に緑がかった長髪と灰色の瞳で、貴族服姿の人。もう一人は金髪で、正面右側に黒髪が一房あり、茶色い瞳をしている、騎士服姿の人だった。

「今日は突然すみません、アーネスト」

「いや、問題ない。むしろ来てくれて助かったが……なぜお前がいる。ライゼルド」

アーネストはライゼルドと言われた金髪で黒髪が一房ある男の人に険しい目を向けている。

「いやぁ～、リンセントがアーネストの家に行くって聞いてよ。だったら俺《おれ》もってついて来たってわけだ」

「すみません。何回言っても『大丈夫』の一点張りで聞きませんでした」

三人の話を聞いていると、リードがこっそり耳打ちをしてきた。

「どっちもご主人の友人で、一人も二人も同じなんだぞ。それに、何かあれば僕が絶対に守るんだぞ。安心していいぞ」

緊張しきってい　　　　　かった。きっとドヤ顔をしているだろう

　　　　　　　　する　話し終わったのかアーネストは深い溜息を吐く

リードの顔　顔を向けてきた。

「急遽二人になってすまない」

「い、いえ、吃驚《びっくり》しまし、たが、だ、大丈夫、です」

　急に二人になったことには本当に驚いたのは確かだ。けど、アーネストが傍《そば》にいるのとリードのおかげだろう。怖さはそこまで感じなかった。むしろ、緊張が勝っている。

「ラナ、紹介しよう。冷静で大人《おとな》しそうな方が一昨日《おととい》言っていた友人で、この国の宰相をしているリンセント・ファーマス・ヨルムンガード。そして、脳筋の考えなしが帝国騎士団副団長のライゼルド・ホワイガルド。どちらも学園時代からの私の友人だ」

「は、はじめ、まし、て。ラ、ラナ・ミーシエと、申し、ます」

　アーネストの友人だとしても警戒心は消えなかったが、二人は大変紳士だった。

「自己紹介をありがとう御座います。私はリンセント・ファーマス・ヨルムンガード。アーネストと同じく十二神獣家のヨルムンガード公爵家当主で、宰相をしております。そしてアーネストの友人です」

「俺はライゼルド・ホワイガルド。十二神獣家、虎の使徒の子孫。ホワイガルド公爵家の次期

当主で帝国騎士団副団長。同じくアーネストの友人です」

二人の声は穏やかで、途切れ途切れなラナの言葉でもしっかりと受け止めてくれた。そして、ライゼルドの紹介を聞き、思い出したのは竜と虎の役目の話。

「虎の……」

「はい、そうです。俺は加護持ちではありませんが、何かありましたら全力を持って貴女様《あなた》を守りましょう」

ライゼルドの言葉に混乱し、アーネストの方を見ると彼の機嫌が悪いように感じる。

「だから、お前とラナを会わせたくはなかったんだ」

「だろうなぁ。俺は加護持ちじゃないし、アーネストのお袋さんには劣るが、虎の本能は強い方に入るからな。『ああ、守んなきゃな』とはなるな」

ライゼルドは立ち上がると、不機嫌なアーネストに向かっていたずらっ子のように笑った。

「ご安心ください。何時ものことですから」

「そ、そうなん、ですか?」

「[illegible]え。二人のやり取りは面白半分で一線引いて見守るのが一番楽しいですよ」

リン[illegible]コとしていて、二人を止める気は全くないらしい。おそらくライゼルドが何かをや[illegible]ストが苦言を呈してきた仲なのだろう。それをリンセントは面白がって傍観して[illegible]

「ところで、ラナ嬢とお呼びしても？」

「え、あ、はい」

「私のことはどうぞリンセントとお呼びください」

「わ、かりました、リンセント様」

リンセントは笑みを浮かべた。先ほどまでの面白がっている笑みではない。それを見て、優しい人だということが分かった。また、ライゼルドも優しい人だ。

「お前はどうしてそう、」

「さて、アーネスト。そろそろ仕事の話をしたいのですが、執務室へ案内してくれませんか？」

アーネストとライゼルドの言葉のかけ合いに割って入るようにリンセントが声を上げた。

「分かっているが……ラナ、一緒に行かないか？　リードがいてくれるとはいえ、これと共になど……」

「おいおい、そんな嫌がんなよ。親友にそんなこと言われちゃ悲しいぜ」

「思ってもいないことを言うな」

「アーネスト、ラナ嬢と一緒にいたいのは分かりますが……」

「そうだそうだー。自分が一緒にいられないからって八つ当たりすんなー」

「ライゼルド、貴方《あなた》は少し黙っていてくれませんか」

ライゼルドの言う通り、アーネストはライゼルドがラナと共に過ごすことが気に入らないようだ。

けれど、ここでアーネストの言う通りにすれば、リンセントとライゼルドに会った意味がなくなってしまうように思えた。

「あ、公爵、様、大丈夫です。お屋敷の人だけじゃ、なくて、外の人とも、お話しできるように、ならないと、いけませんから。だから、公爵様もお仕事、頑張ってください」

「ラナ……分かった。リンセント、行くぞ」

「はいはい。それではラナ嬢、また後で」

アーネストはリンセントを伴って執務室へと向かって行った。ライゼルドに声をかけなかったのは彼なりの信頼の証のように思えた。

「それで、これから何をなさるんですか？　あ、ラナ様って呼んでもいいでしょうか？」

「あ、えっと、大丈夫、です。そ、それと、様付けじゃなくても、大丈夫、です。あと、敬語も……。こ、この後は、祝福の日の、ための、花を……」

祝福の日とは、神が使徒たちを地上に遣わし、祝福を与えたとされる日である。その日一日、家の玄関の扉や部屋の扉に花のリースを飾るのが習わしとなっており、神と使徒たちに感謝を捧げる日でもあった。それがもうすぐなので、今日はリース用の花を摘むお手伝いをすることになっている。

「お、そうか！　ありがとな。俺のことはライゼルドでいいぜ。じゃあ、手伝うから案内してくれないか？」

「わ、分かり、ました」

向かった先は邸内にある温室。そこには今日も色とりどりの花が咲き乱れ、完璧《かんぺき》に管理がなされていた。リース用の花が植えてある花壇へ行き、リードを頭から下ろすと、その背中の袋から園芸用の小さい鋏を二つ取り出す。一つはラナが持ち、もう一つは侍女の姿になったリードに渡した。

「あ、あの、ライゼ、ルド様は、つ、摘んだ花を、持っていて、もらえません、か？」

「了解した。任せろ！」

「あ、ありがとう、ござい、ます」

ライゼルドの申し出にありがたく思い、ラナは花を摘み始めた。そこまでは良かったものの、初対面の人とどう接すればいいのか分からない。なんとか話をと思っても、アーネストの客人で友人ということもあり、粗相のないようにと考え込んでしまった。その結果、ラナは一言も発せずにいた。

「ラナ」

「な、なんでしょう、か」

「この花って、なんていうんだ？」

その空気を破ったのはライゼルドだった。彼は渡された花を不思議そうに見ている。

「そ、それは、カーネーションという花です」

「カーネーションっていうのか。花はここだけ切っていいのか？」

「えっと、ここの花壇は、リース用に、植えられた、花で、ここだけ、です」

「へぇ～。そういや、祭りの時に見かける花と同じだな」

「それは、多分、この花たちの、花言葉が、『感謝』だから、だと……」

「花言葉？」

「は、はい。花言葉と、いうのは……」

ライゼルドは次から次へとラナに質問してきた。つたない言葉で質問に答えても、うんうんと相槌《あいづち》を打ちながら興味深げに話に耳を傾けてくれている。その様子に、抱いていた警戒心は次第に溶けていった。

「ラナ様、これぐらいで十分なんだぞ」

「そっか。じゃあ、戻ろっか」

「ん？　もういいのか？」

「もう屋敷の扉全部の分はあるんだぞ。取りすぎても余らせるなら、取らない方がいいんだぞ」

「それもそうか」

　今回は花が多いため、外から使用人室に繋がる裏口に行き、花を侍従や侍女たちに渡す。そのまま中に入っても良かったが、流石に客人であるライゼルドを裏口から中に入れるわけにもいかず、玄関ホールに戻ることになった。

「今日は、ありがとう、ございました」

「こっちこそ、色々と教えてくれてありがとな！　楽しかったぜ」

　ライゼルドがラナの頭に手を伸ばしてワシワシと撫でてきたがバッと慌てて離れ、その間に侍女姿のままだったリードが入って来た。ライゼルドの顔には「しまった」という焦りがある。

「何するんだぞ！」

「す、すまない！」

「あ、だ、大丈夫です。リードも、大丈夫、だから」

　驚きはしたものの嫌ではないことに驚いた。ライゼルドの手が辛い過去と結びつくことはなく、むしろ、幼い頃に父に撫でられた時のような心地よさを覚える。

「そ、そうか？　でも、本当にすまなかった。俺、子供がいて、よく頭を撫でてやるんだ。その癖でな……」

「お子さんが、いるんですか？」

　つい聞いてしまったが、聞いた後にそれもそうかと思ったのと同時に、心地よさを覚えた理由が分かった。

昔、帝国騎士団に新たな団長が就任したことが大きく取り上げられていた新聞を見たことがあった。その時に年齢も載っていたので、計算するとアーネストの年齢は二十四歳ぐらいだろうか。学園時代からの友人と言っていたため、アーネストと歳《とし》が近いはずだ。帝国貴族の適齢期は十八歳ということもあり、ライゼルドに小さい子供がいてもおかしくはない。彼が父親であったからこそ、そう思えたのだと納得した。

「まだ三歳だが、活発な子でな。将来はアーネストみたいになるって言ってるんだ。そこは俺にして欲しかったが……まぁ、あいつが強いのはよく知っているからな」

これが父親というものなのだろう。顔は全く似ていないのに、その表情はかつて父が向けてくれていたものによく似ている。すっかり忘れていた「父の顔」というものを見て、悲しくもあるが、懐かしくもあった。

玄関ホールに戻ると誰もいなかった。まだアーネストとリンセントは執務室にいるのだろう。二人を待つ間、玄関ホールにあるソファに座って、話をすることになった。ラナがあまり外の世界を知らないと言うとライゼルドは帝都についてや最近あった出来事、自身の家族についてなどを面白おかしく話してくれた。

「それで、どうなったん、ですか？」

「もちろん捕まえたぞ。俺の嫁さんがな！　あん時は益々惚《ほ》れたな！」

「楽しそうにしていますね」

声がした階段の方を向くと、そこにはリンセントがいた。その後ろにはアーネストもおり、ちょうど階段を下り終わったところだった。

「ッ！」

アーネストを視界に入れた瞬間、一瞬息が止まる。

違う。何時ものアーネストではない。彼の手は相当強い力で握り込まれているようで、手の甲には血管が浮かんでいる。眉間の皺は図書室で見た時よりも深みを増し、口は真一文字だが、ギリッという歯ぎしりが聞こえた。

不機嫌という言葉では片付けられず、怒っていると言った方が正しい彼の様子に、思考を巡らせても理由に見当がつかない。けれど、ラナは自分が何かしてしまったのだと思った。

アーネストが怒るようなことをしてしまい、嫌われたのではと言葉にできないほどの不安が頭の中を埋め尽くしていく。

「おお、話は終わったのか？」

「えぇ、滞りなく終わりましたよ。そちらは？」

「すごく楽しかったぜ。っていうか、アーネストは……なるほどな」

「問題ありません。直《じき》に収まるでしょう」

「用は済んだのだろう。今すぐ帰れ」

不機嫌なアーネストのことなど毛ほども気にしていないようだ。その証拠にアーネストをからかうように二人はニコニコと笑っている。

「竜の逆鱗《げきりん》に触れたくねぇし、今日はそうさせてもらうぜ。じゃあまたな、ラナ」

「本日は急に押しかけてしまい、申し訳ありません。また、お会い致しましょう」

「こ、こちらこそ、ありがとう、ございました。ライゼルド様、リンセント、様」

ライゼルドとリンセントは屋敷を去った。ラナはセドリックに呼ばれ、その場を後にし、夕食までアーネストに会うことはなかった。


「……」

「……」

会話は弾まなくともアーネストとの間には穏やか時間が流れ、和やかな夕食となるはずだった。それが一言もない、とても雰囲気が暗いものとなっている。アーネストからはライゼルドとリンセントが帰る際に見た怒りは感じないが、彼が不機嫌なのは変わらない。何時もなら先に食べ終わっても待っていてくれるのに、今日は先に食事を済ませると「執務がある」と言い残してそのまま退室してしまった。ラナは一人で食事をし、部屋に戻ることになったのだ。

「セドリック、さん」

「いかがなさいました？」

「公爵様が、不機嫌なの、は、私の所為《せい》、かも」

「そのようなことは、」

「だ、だって、公爵様、私を見たら、怒ってて、な、何か迷惑を、」

「決してそのようなことは御座いませんよ、ラナ様」

「けれど、私が迷惑を、かけて……そうしか、考えられ、なくて、」

「いいですか、ラナ様。この屋敷にラナ様を迷惑などと思う存在などおりません。皆、貴女様のことが大好きなのです」

そう言ってもらえてとても嬉しい。けれど、一度抱いてしまった不安は消えてはくれなかった。どんなに言葉を尽くしてくれたとしても慰めにしか聞こえない。

その夜、ラナは窓際の壁の隅で毛布を被《かぶ》って震えていた。

「ラナ様……」

心配そうなリードの声に答える余裕もない。勝手に涙が流れてきて、アーネストに嫌われたかもという考えだけが頭の中を巡っていた。

リードが部屋から出て行き、一人になる。月と星の明かりしかない部屋の中で体をさらに小さく丸める。いつまでそうしていただろう。ふいに安心する足音が聞こえてきた。

「ラナ」

低い、優しい声に導かれるかのようにゆっくりと顔を上げる。やはりそこにいたのはアーネストだった。さっきまでまとっていた不機嫌な冷たい雰囲気はもうなくなっている。

「触れても、いいか？」

伸ばされた手に小さく頷くと、涙が拭きとられる。

「抱きしめても、いいだろうか？」

あまりに優しく切ない声に少し身を固くした。嫌われたのに、どうしてこんなにも優しくしてくれるのだろうか。

「嫌なら構わない」

普段では考えられないような弱々しい声はラナの心をくすぐった。あまり変わらない表情も、どことなく沈んでいるように見え、そんな顔をしないで欲しいという思いが強くなる。そんな様子になるぐらいならとおずおずと頷いた。

「ありがとう」

私を怖がらせないようにしてくれているのだろう。ゆっくり抱きしめられる。その体温は何時かの嵐の日のように温かく、安心感を与えてくれた。

「嫌な思いをさせ、本当にすまない……。セドリックから、ラナが自身のことを迷惑な存在だと思ってしまっていると知らされた。私はラナにそんなこと、一度たりとも思ったことなどない。ただ……嫉妬《しっと》、したんだ。心の狭い男だろう。ラナは私に慣れるのに時間がかかったが、ライゼルドには間も置かず慣れていたうえ、名前で呼んでいたから……」

「え、」

まさか嫉妬していたなんて思ってもみなかった。アーネストは公爵家当主や騎士団長として励み、堂々としている。そんな彼の弱い部分に触れたのだ。

安心を与えてくれたアーネストが不安になっている。だったら、今度はラナが彼に安心をあげる番だ。

「すぐに、ライゼルド様や、リンセント様に、慣れることが、できたのは、リードもそう、ですけど、公爵様の、おかげなん、です」

「私の？」

「はい。お二人が、来た時は、驚きましたし、少し、警戒して、いました。でも、怖くはなかったん、です」

二人を怖いと感じなかったのはリードがいてくれたこともあるが、一番の理由はアーネストの存在だ。彼がいなければ、二人の優しさを知ることはできなかった。

「公爵様の信頼できる、ご友人、だったから……」

二人に、特にライゼルドに慣れた理由は多々あるが、その中でもアーネストの友人であることが最大の理由だ。

「そ、それと、お名前で、呼ばなかっ、たのは……は、恥ずかし、かったん、です」

一度口にすると、内にあった思いがポロポロと零れ落ちてくる。

「自分でも、不思議、なんです。セドリックさんや、ライゼルド様たちの、お名前を呼ぶ時は、何も、感じないんです。けど、公爵様のお名前は、恥ずかしくなって、呼べないん、です」

実は何度かアーネストのことを「アーネスト様」と呼ぼうとしたことがあったが、羞恥心と呼んでもいいのかという葛藤の末、結局「公爵様」と呼んでしまっていた。

アーネストが少し離れ、見つめくる。その真っすぐで純粋な視線に、ふしだらなことを言っているように感じ、うつむいてしまう。

「ラナ、呼んでくれないか？　アーネストと」

突然の要求に驚き、ラナが顔を勢いよく上げると彼の視線とぶつかる。さらに顔が熱くなるのを感じ、そのままゆっくりと、また顔をうつむけたが催促するように「ラナ」と優しくアーネストに呼ばれ、そっと頬に手を添えられると、上へと優しく向けられる。再びぶつかった視線は期待に満ち満ちていた。

「あ、あー、ねすと……さま」

彼の名前を呼んだ後、恥ずかしさのあまり両手で顔を覆った。顔だけでなく、耳まで熱くなってくる。離れていた彼の温度にまた包み込まれ、優しく頭を撫でられる感触にもっと羞恥の渦に落ちていった。

少し時間が経ってラナの羞恥心も落ち着いた頃。アーネストの膝の上に横抱きにされて頭を撫でられていると、アーネストから言葉が落ちてきた。

「セドリックだけではなく、リードにも感謝しなくては。セドリックがラナのことを知らせてくれた時、リードにも『何のための言葉だ』と叱責《しっせき》されたよ」

リードはこの部屋を出た後、アーネストに直談判しに行ってくれていたらしい。ラナはセドリックにもリードにも、心配をかけてしまって申し訳なく思ったが、それと同じぐらい嬉しかった。それだけ想われているということだから。

「すれ違っていたのだな。私には言葉が足りなかったようだ」

「いえ、アーネスト様、だけではなく、私も、もっと声に出せば、良かったんです」

「では、これからは二人で努力していこうか」

「はい」

互いの小指を組み合わせ、約束をした。二人だけの小さいけど、大切な約束。そんな二人を月明かりが優しく照らしていた。

【第三章　お守りとリースと侵入】

しばらく過ぎた日のこと。ラナは午前中のお手伝いを終え、執務室へとリードと共に訪れていた。

「そろそろ、いいと、思うんですが……」

「ああ、高価なものでなければ十分だろう」

お手伝いを毎日欠かさず行ってきた。時に使用人たちの、時にセドリックの、時にアーネストのお手伝いをやり続け、終わったら率先して手伝うことはないかと聞いて回った。アーネストに関しては一緒にお茶をしたりと、本当にお手伝いなのかと思うものもあったが……。頑張った結果、思っていたよりも早く貯《た》まったのだ。

そのため、そろそろお礼の品を調達したいと考えた。最初は、自室のソファで気持ちよさそうに寝ているリードに相談したものの、比較的人間に近しいとは言え妖精《ようせい》である。結果は惨敗だった。そこで、執務室にいるアーネストに相談した。

「それで、何をお礼にしたら、いいでしょうか？」

「そうだな……単にお礼の品と言えど、甘味や小物、花など種類は多数ある」

「そう、ですか……」

「探してみるか」

「でも、どうやって、ですか？　私、外にはまだ……」

探すという言葉に外に出ることを想像するが、自身の体のこともあり、アルバルトから邸外への外出許可は出ていない。

「図書室へ行こう」

「と、図書室、ですか？」

「そうだ。あそこには国外の本もあって、蔵書数は国立図書館と変わらないから、お礼の品に関する本もあるはずだ」

「その中から、探せば、」

「きっと、ラナが納得できる品が見つかるだろう」

「あ、ありがとう、ございい、ます！　さっそく、行ってみます！」

「ああ、行こうか」

寝ているリードをつかみ、蛙《かえる》が潰れるような声をあげているにも構わず抱きかかえる。図書室へ向かおうとすると、彼の言葉に後ろを振り向く。

「え、でも、」

「仕事はもう終わった」

「え、っと、」

執務机を見る。そこには大量の紙が両側に積まれており、どう見ても仕事が終わっている机ではなかった。この場にセドリックがいれば進行具合が分かったのだろうが、アーネストが終わったというのならそれを信じるしかない。どう見ても終わっていないことを机上の紙の山がどれほど主張していても。

「わ、分かり、ました。行きま、しょう」

結局、彼の終わったという圧に負け、共に図書室で探すことになった。

「相変わらず、凄《すご》いです、ね」

今ではもう見慣れた図書室の景色だが、改めて見渡すとその蔵書の数に圧倒される。流石《さすが》は国立図書館と遜色《そんしょく》のない図書室。もう、図書館と言った方が適切ではないかとすら思えてくるほどだ。それ故に、一つ問題が起こった。

「……全然、決められ、ない」

「思ってたよりも、本の量が多過ぎるな」

「物だけの本で百冊以上はあるんだぞ……」

「百冊どころじゃ、ないよ。二百冊は、確実にあるよ……」

二人と一匹で探すものの、本が多過ぎた。

良さそうな品はいくつもあるが、妥協したくなかった。もっと良いものがあるかもしれないと、お手伝い用にと持っていた雑記用紙を千切っては栞《しおり》代わりに挟む。あれもこれもとしていく内に、どんどん候補だけが積みあがっていった。

ヴォラグディア帝国は多くの国と交易があり、各国の民芸品や食べ物も入手しやすい。また、帝都には専門店も多く、本に載るぐらいの物であれば買えてしまうのも原因の一端だった。

「これに、さらに食べ物もあるんだぞ。今日《きょう》一日でなんか終わらないいんだぞ」

「そうだね……」

物に関する本だけでおよそ二百冊以上あり、食べ物に関してもそれぐらいあるとみていいだろう。情報には困らないが、それ以上に労力と時間がかかるのは確実だった。労力を惜しむつもりは一切ないものの、贈り物を決めた後を考えると、時間がかかるのはどうにかしたい。

「確か、祝福の日に贈りたいと言っていたな」

「けど、ここで躓《つまず》いてたら、当日までになんて無理なんだぞ」

祝福の日に贈ろうと考えていることを、図書室に行く途中で伝えていたのだ。

その昔、神が十二使徒を遣わして帝国を救ったように、ラナを救ってくれたのはアーネストを始めとする公爵邸の人々。祝福の日とは神と十二使徒へ感謝を捧げる日。感謝の思いを伝えるにはこの日しかないと考えていた。

「せめて、大まかに何にするか先に決めるんだぞ」

「それも、そう、だね」

頭を悩ませながらも、案を出し合う。

「できれば、何か、形に残る、物の方が……」

「じゃあ、食べ物はなしなんだぞ。で、大きさは？　あんまり大きいものだと贈る前に気付かれるんだぞ」

「そうだな。では、小物か」

「それなら、こっちの本はいらないんだぞ」

問答しながら不要な本を片付けていくと、山のようにあった本がどんどんなくなっていく。最終的には大体二十冊ぐらいにまで整理できた。この量なら、手分けすることなく一緒に探すことができる。ラナはさっそく、近くにあった本を手に取った。

「これはどうだ？」

「それなら、こっちの方が」

「でも、これは少し大きいんだぞ」

「あ、本当だ……」

あれから探しているものの、難航していた。小物で、できればずっと使い続けることができ、お礼に相応《ふさわ》しく、感謝を伝えられるものというのに当てはまるものが見つからないのだ。見つけた品は大きかったり、値段が張ったり、祝い品ではあるものの、お礼ではなかったりとラナが思い描くものではない。

ここまで探して見つからないのなら、許せる部分を広げた方がいいのかもしれないと考え始めたその時だった。

「これなんかどうだ？」

リードが持ってきたのは香り袋全集という一冊の本。中を見てみると、香り袋の種類や効能などが記載されている。

「香り袋か」

「知ってるん、です、か？」

「ああ。私が十歳になったばかりの頃《ころ》に流行《はや》っていた。掌《てのひら》ほどの大きさの小袋にドライフラワーを砕いたものを入れ、その香りを楽しむ物だ。懐かしいな」

それならいいかもしれないと思い、本を読み進めていく。すると、どうやら香り袋には期限があるようで、それが過ぎると香りがなくなってしまうと書かれていた。

「香り、なくなっちゃうんだな……」

「そうみたい、だね……」

とてもいい品だと思ったが、有効期限があるというところで引っかかってしまう。

「では、小袋にはドライフラワーではなく、別の物を入れてはどうだろうか？　東の国、桜華《おうか》では『お守り』という香り袋に似たものがあって、袋の中には持ち主を守るよう祈りが込められた品が入っていると聞いたことがあるな」

「それなら、袋は作ればいいんだぞ。ラナ様は裁縫が上手だからな！」

「うん、お守りに、します」

リードの後押しによってお守りを作ることにした。しかし、今度は袋の中に入れる物を何にするかで詰まってしまう。

本をめくっては悩み続け、新たに手に取った本の表紙を見た時だった。

「あ、」

それは『世界の宝石・宝石言葉』という宝石に関する本。中を見ると、宝石ごとに色つきの挿絵があり、宝石言葉だけではなく、主な採石場や成分までも事細かに載っていた。ラナの中で宝石とはダイヤモンドやルビー、サファイヤ、真珠などよく聞くものしかなかったが、瑪瑙《めのう》やローズクォーツ、フローライトなど聞いたことや見たことがないものも多くある。

宝石言葉も一つ一つ見ていくと、ラナの想《おも》いにぴったりな言葉があり、宝石もいいなと思ったが、予算のことを考えると無理そうだ。

「宝石言葉か」

「あ、はい。けど、予算を考えると、無理かな、って」

「……」

アーネストは何かを考え始めると、リードに明日《あす》の勉強会で使う新聞を持ってくるように伝えた。

少し前の勉強会から、世間知らず脱却の一環として授業の最後に新聞を使って、情勢や世間の話題など見てみるというものが入ったのだ。新聞はその日の記録としても役立つので、図書室に保管されている。

「持ってきたんだぞ」

「ああ、ありがとう。それでだが、この記事を見て欲しい」

「これって、」

「おお！　これなら余裕で買えるんだぞ！」

アーネストが示した先には、『今大注目⁉　くず石の利用法』という記事が載っていた。

「一年程前から、宝石の採掘や加工の際に出るくず石が安価で取引され始めたんだ。平民でも気軽に手にできて、くず石とはいえ本物の宝石なため人気に火がついたらしい」

「これを、お守りに、入れれば、」

「妖精は綺麗《きれい》なものが好きだから、喜ぶんだぞ！」

「リード、アーネスト様、ありがとう、ございます」

お礼を言われたリードは、照れ臭そうだが、エッヘンと胸を張り、アーネストは少し微笑《ほほえ》んでラナの頭を撫《な》でてきた。

本来なら今の時間は既《すで》に授業の時刻となっていたが今日は中止し、どの宝石を入れるのか、そしてどんな形に仕上げるのかを本を見ながら話し合う。

「これにするんだぞ」

「いいと思う」

「そうですね」

色々と宝石言葉を探し、やっと満足のいく意味を持つものを見つけることができた。

そこから必要なものを書き起こし、アーネストが材料を調達することになった。

「では、これを買って来よう」

「はい、ありがとう、ございます。よろしくお願い、します」

ラナはお礼を言いながら、喜んでくれるといいなと祝福の日に想いを馳《は》せた。


図書室でお礼の品を考えた一週間後。ラナが自室で魔法に関する本を読んでいると、扉を叩《たた》く音が聞こえた。一言リードが声をかけると扉が開いて百合《ゆり》の侍女がいた。

「……」

「……分かったんだぞ。ラナ様」

「百合の侍女さんは、なんて？」

「準備ができたから、呼びに来たそうだぞ。今日は天気がいいから、庭の四阿《あずまや》でするそうだ。

もう既に皆集まってるらしいぞ」

「ありがとう、リード。分かりま、した。行きましょう」

百合の侍女の案内の下、四阿に向かう。そこには彼女以外の侍女たちが、ラナが来るのを待っていたようだ。

四阿の中心に置かれた石机には山積みのドライフラワーとリースの土台が入れられた籠《かご》が置かれている。その花々は以前、ラナとリード、そしてライゼルドと共に摘んだもので、綺麗なドライフラワーにしてくれたらしい。

百合の侍女に促されるままにラナは四阿の石椅子《いしいす》の真ん中に、その両隣に百合の侍女と紫陽花《あじさい》の侍女が座る。他《ほか》の侍女たちも順々に石椅子に掛けていった。

こうして、改めて彼女たちを見てみると非常に美しい。その美しさは人間とはまた違う、妖精特有のもの。

彼女たちの美しさについて考えていると、紫陽花の侍女がヤマブドウの蔓《つる》で作られたリースの土台を手渡してくれて、百合の侍女の方を指さした。百合の侍女を見るとリースの土台とドライフラワーを一輪持っており、土台にドライフラワーを差し込んでいる。

「そ、そうすれば、いいんですか？」

百合の侍女はふわりと微笑んで頷《うなず》いた。ラナは手渡された土台を一瞥《いちべつ》し、石机のドライフラワーの山に目を向ける。

山の中から一輪を手に取ると、百合の侍女が行ったようにドライフラワーを土台に差し込んだ。元から細々とした作業が好きなラナは、黙々と土台に花を差し込んでいく。

お喋《しゃべ》りなリードは子犬の姿で背もたれの淵《ふち》で寝息を立てている。誰《だれ》も喋らず、声のない静かさだけど、気まずいものではなかった。優しい風や擦れる草木の音や手を動かすごとに聞こえる自身の服が擦れる音、侍女たちが着ているシルクのしゅるり、しゅるりという特有の音。どの音も心地よく、より集中という名の底にラナを落としていった。

最後のリースを作り終え、沢山あったリースの土台の全《すべ》てにドライフラワーが差し込まれた。

「できた。リード、起きて」

寝ていたリードを軽く揺すると、リードは目を開けてあくびをしながら伸びをする。

「終わったのか？」

「うん。あ、でも、まだお花が」

ドライフラワーはまだ三分の一残っている。せっかく摘んで、ドライフラワーにしたのに捨てることになるのだろうか。

「残った分は毎年、孤児院に回されて、有効活用されてるから大丈夫なんだぞ」

それなら無駄にはならないし、大事に育てられた花が処分されることもないため、ラナはほっとした。

「じゃあ、行くんだぞ」

その一声で飾りに行くことになったが、侍女たちが少し離れて円になり、何かを話し合い始め、じゃんけんを行い出す。

「激戦、だね……？」

もの凄く白熱した勝負が行われている。全員が無表情だが。

「誰がラナ様と飾りに行くのかを言い合った結果、じゃんけんに決まったみたいだな。あいつら昨日《きのう》、ラナ様を迎えに行く係と両隣に座る権利が欲しくて、本気のじゃんけん大会してたんだぞ。で、一位になったのが百合で、二位が紫陽花だったたんだぞ。あ、またじゃんけんが始まったんだぞ」

それにしても、ラナはなぜこんなにも大切に思ってくれているのか分からなかった。今でこそ自ら関わり合うようになったが、好かれる理由が思い当たらない。

「どうして、そんなに」

「ラナ様のことが大好きだからだぞ。いい加減、自覚するんだぞ」

確かに、好かれてはいるのだろう。けれど「大好き」と言ってもらえるまでになったのかがラナには分からなかった。最初の頃など避けてばかりで、好かれるところなどなかったはずだ。

正直で純粋な者が好きな妖精が自分のことを「大好き」とまで言ってくれるのが不思議でしかたがない。

だから、リードや侍女たちの無条件ともいえる好意は嬉《うれ》しいけど戸惑いがあって、すぐに全てを受け入れるのは難しかった。それでも、いつかは素直に受け取りたい。

「そう、だね。……ゆっくりでも、いいかな？」

「いいんだぞ。あと、侍女たち使用人には敬語じゃなくていいんだぞ。皆、ラナ様ともっと仲良くしたいって思ってるから、敬語は止《や》めるんだぞ」

「いいの？」

「僕がいいって言ってるんだからいいんだぞ」

侍女たちのじゃんけんが終わったようで、勝者は上空に向けて拳《こぶし》を突き上げ、敗者はガクリと膝《ひざ》を崩し、地面に手をついた。

普段は非常に礼儀正しい侍女や侍従たちだが、こうして見ていると、いかに感情豊かかというのがありありと分かる。

勝者以外はこちらに一礼し、四阿の片付けや各自の持ち場に戻って行った。

「え、っと、じゃあ、よろしく、お願い、ね」

一緒に飾りに行くのは薔薇《ばら》の侍女とダリアの侍女になり、敬語を取った話し方を聞いた二人は一瞬固まると、急いで一礼した。

やっぱり駄目だったのかもと思ったが、それを察したリードの「ラナ様が敬語なしで話したからびっくりしたんだぞ。すごく喜んでる」という言葉通り、二人は少し頬《ほお》をピンクに染めている。

薔薇の侍女は大量のリースが積まれた台車を押し、ダリアの侍女はラナの横に付いて、一行はリースを飾りに向かった。

「ここで、いいの？」

ラナはリースを持ちながらダリアの侍女に聞くと、彼女はコクリと頷いた。

最初に向かったのは玄関。薔薇の侍女が置いてくれた台に乗り、扉にリースを引っかける。何とか飾ることができ、侍女たちの方を見ると、二人はパチパチと手を叩いて問題ないことを伝えてくる。

リースの飾り付けは順調に進んでいった。大広間や客室、執務室、ラナの部屋、使用人の部屋だけではなく、温室やアルバルトがいる塔、厩《うまや》に至るまで、屋敷中のいたるところに飾り付けていく。

「ここで終わりだぞ」

リードがラナの頭の上からまだ付けられていない最後の扉を指した。ダリアの侍女からリースを受け取ると、その扉にリースを飾り付ける。

「あ、ありがとう」

侍女二人にお礼を言うと、口元をほんの少し緩めて微笑んでくれた。

「ラナ様、そろそろ時間だぞ」

「そう、だね。じゃあ、また、ね」

彼女たちは一礼し、自身の仕事場へと戻って行った。二人を見送っていると、後ろから聞き慣れた声が聞こえる。

「ラナ」

振り向くとアーネストがおり、その手には茶色い紙袋を持っている。

「購入してきた」

「あ、ありがとう、ございます！」

「いや、これぐらい問題ないが、開封して確認して欲しい」

促されるままに袋を開けると、複数の色のリボンと小さいベル、エメラルドのくず石が入っていた。

エメラルドは人を健康に導く力があるそうで、宝石言葉には幸福という言葉がある。小さいベルはお守りについている鈴というものの代わりだ。

しかし、頼んでいたものの一つである布が入っていなかった。

「あの、布は」

「衣装室に手直し用のものがあって、その中にシルクもあるはずだ」

「シルク、ですか？」

「ああ。シルキーはシルクの布を一番好むからな。それを使うといい」

「いいん、ですか？」

衣装室の手直し用の布というと、相当良いものであることは予想に容易《たやす》い。そんな高価なものを使っても大丈夫なのかと心配になる。

「ああ、構わない。セドリックにも確認したが、緊急時の予備用に用意してあるだけで使う予定はないと言っていたから」

できれば布もお小遣いで買ってもらいたかったが、シルクもとなるとお金が足りる自信はない。シルクで作れたなら、シルキーの血を引くミフリーである彼らにもっと喜んでもらえるだろう。どうせあげるのならばより皆に喜んで欲しかったので、ありがたく使わせてもらうことにした。

「ありがとう、ございます」

「渡すのは明々後日《しあさって》だけど、間に合うのか？」

祝福の日は目の前にまで迫っている。だからといって勉強やお手伝いを疎かにするわけにもいかない。

「なんとか、頑張る」

「じゃあ、さっそく取り掛かるんだぞ」

「お話の最中、申し訳御座いません。至急、旦那《だんな》様に見て頂きたい書類が御座いまして」

声をかけてきたのはセドリック。何時《いつ》もなら余裕を持っているのに、少し焦りのようなものがある。きっと、それだけ大事なことなのだろう。

「分かった。すまない、まだ執務が残っているようだ」

「いえ、お仕事、頑張って、ください」

「ありがとう。……セドリック」

「かしこまりました。それではラナ様とリード殿、失礼致します」

アーネストはセドリックを伴いながら去って行った。執務があると言っていたので、執務室に向かったのだろう。

「なんか、手伝うことあるか？」

リードは侍女の姿に変化しながら言ってくれた。頑張ろうとしていたが、やはりできないかもしれないという不安もあったため、とてもありがたかった。

「ありが、とう。じゃあ、布を探しに、行こうか」

お守り作りの一歩目として、お守りの布を取りに行くために衣装室へ向かう。

衣装室は前に入った時と変わっておらず、整頓されていた。

「どこに、あるのかな？」

「まぁ、適当に探せば見つかるんだぞ」

隣の部屋はドレスだけが置かれているため、クローゼットや化粧台などがあるこの部屋を探す。少し探すのに苦労するかと思っていたけれど、思いのほか早く見つかった。

「あ、あった」

「本当か！」

「うん、多分、これで良い、はず」

引き出しの中には沢山の色とりどりの布が敷き詰められている。別のところを探していたリードがこちらに来て引き出しを覗《のぞ》き込むと、中に入っている布を手に取って広げる。

「予備用の布で間違いないんだぞ。シルクは……あ、これなんだぞ！」

リードが手にしているのは白いサラサラな布。少し擦れただけでも「しゅるり」という独特な音が鳴る。

「これで、お守りが、作れる」

「こっちに裁縫道具もあるぞ」

指し示めされた先にあったのは立派な裁縫箱。中を見てみると、針や待ち針、糸切鋏《ばさみ》に裁ち鋏などの裁縫道具の他に沢山の色の糸が入っている。

「部屋に持ってってって、さっそく作るんだぞ！」

色の違うシルクの布と通常の質のいい布を何枚か手に取り、リードに裁縫箱を持ってもらって、部屋に戻ることにした。

「今夜一晩、屋敷を空けることになった」

「一晩、ですか？　それに、今夜……」

「ああ」

次の日の昼食の時だ。ラナの左斜めの席に心底嫌そうな面持ちのアーネストが座っている。

「夜間は屋敷を空けたくはないが、騎士団の方でやらなければならないことができたんだ。昼食後、すぐに出ることになるな」

毎日の朝食の時に意思疎通の練習としてお互いの一日の予定を言うようにしていたが、今日は急に変更になったようだ。

「そう、なんですか……」

何時もなら、アーネストが城での仕事がある時でも日が暮れる前までには帰ってきていて、一緒に夕食を摂っていた。けれど、今夜はアーネストがいない。たったそれだけのことのはずなのに、寂しさが込み上げてくる。

アーネストにとっても予定外のことらしく、屋敷を一晩空けることを告げた張本人は険しい表情をしていた。

「分かり、ました。お仕事、頑張ってください」

今までにないことなので少し不安でもあるが、仕事は大事だと思う。それに、一晩だけなのだ。一晩経《た》てばアーネストは帰ってくるし、屋敷にはセドリックや使用人たちもいる。だから、不安がる必要はないのだと。

「ああ……しかし、不安だな」

「え、」

「使用人たちが守りを固めているうえ、リードもいるから問題はないとは思うが、不測の事態が起こる可能性もある。セドリックから緊急の連絡が来るようになっているものの、ラナの存在を身近に感じることができなくなるから……」

アーネストも似たようなことを思ってくれていることに嬉しさを覚える。

その後は、玄関先でアーネストを見送り、お守り作りに精を出していた。

ドラグディア公爵家は使用人の数は少ないが、それでも十人以上は作らなければならない。

いくら裁縫が得意と言っても少ない時間をやりくりしないといけないので、全て作るまでに時間がいる。

「少し、休憩するんだぞ」

「あとちょっと、」

「そういって、さっきも休憩しなかったぞ。少しは手を休めるんだぞ」

自室のソファに座りながら、チクチクと一針一針丁寧に縫っていく。暇があればお守りを作っていた所為《せい》か、リードは呆《あき》れた表情を浮かべていた。

「そんなに急がなくても祝福の日は明後日《あさって》。昨日と今日の時点で既に六個も作れてるし、明日にしても問題ないぞ」

一人だと間に合っていたかは分からないが、布を切ってくれたりとリードが手伝ってくれたおかげで、十分間に合うと分かっている。

「けど、すごく、楽しいの。誰かを思って、何かをすることが、とっても、楽しいの」

今まで、誰かのためにという行為は恐怖で支配され、無理やりやらされていたものだった。とても辛《つら》いだけではなく、やっても無意味にされることも多かった。

誰かのために何かをすることがここまで楽しいと思えたことがなかったラナにとって、初めての体験であり、胸の中がとても温かくなるものだった。

「理由は分かったんだぞ。でも！　それとこれとは話が別なんだぞ！」

持っていた作りかけの袋と針を取り上げられ、リードは長机に広げていた裁縫道具一式を片付け始める。リードの言う通り、長時間している自覚はあったので、大人《おとな》しく従うことにした。

「何の音？」

「どうかしたのか？」

耳に入ってきたのは、何やら賑《にぎ》やかな音。どうやら屋敷の外から聞こえてくるようで、視線は自然と部屋の外へと向いた。

「外で何か、」

「見に行ってみるか？」

「うん」

頭に乗ってきた子犬姿のリードと部屋を出て、廊下の窓から外を見る。

そこには、何台もの荷馬車があった。見知らぬ人たちが荷台から箱を下ろしては使用人たちに手渡して、屋敷の中へ運び入れている。

「ああ、そういえば今日だったな」

「何が？」

「ランタンの運び入れだぞ。祝福の日の夜ランタンを空に放つからな」

祝福の日は日が暮れた瞬間に明かりを灯《とも》したランタンを空に飛ばすことで、神と十二使徒に感謝を伝えるという催しだ。

「祝福の日が始まった頃はランタンに籠を付けて、その籠にスノードロップを入れて飛ばしてたんだ。スノードロップには『純粋』と『感謝』っていう花言葉があって、『心からの感謝を捧げます』っていう想いを込めてるんだぞ」

「そうなの？」

「そうだぞ。今じゃ交易が盛んになったり、栽培技術の向上で年中スノードロップが花屋の店頭に並ぶようになったけど、そもそも祝福の日はスノードロップが咲く時季じゃないからな。平民たちは手に入れられないものだった。そこで、貴族だけじゃなく平民たちも感謝が伝えられるようにってことで、ランタンにスノードロップの絵を描いたり、判子を捺《お》すようになったんだぞ」

「そうだったんだ……」

ランタンを飛ばすことは知っていたし、両親が生きていた頃にラナも飛ばしたことがある。二人が亡くなってからの祝福の日は、叔父親子が町に行くので一人で過ごしていた。だから一番よく見えるかつてのラナの部屋に入って遠くに見える橙色《だいだいいろ》の明かりを眺めていた。

「？　ラナ様、どうかしたのか？」

「……なんでも、ないよ」

懐かしさに浸りながらも、無性に悲しさが広がっていく。

運び入れの様子を見た後、部屋に戻った。リードも何かを感じ取ったようで、休憩は十分だからとお守り作りの続きをするように勧めてくる。作成を進めたかったのも本当だが、今は少しでも気が紛れるかもしれないという思いが片隅にあった。ある程度お守り作りを進めると、ちょうどお手伝いの時間になったので今日の作業は終わりにして、セドリックの元へ向かう。

その後は何時も通りだった。お手伝いが終わった後は夕食を摂《と》り、寝支度を済ませてベッドの中へ潜り込む。ただ、違ったのはアーネストが屋敷にいないということ。彼のいない食事は寂しかったが、今日は使用人の皆と食べたため、特別な思い出にもなった。

「おやすみ、リード」

「おやすみだぞ、ラナ様」

リードは脇《わき》机の明かりを消して、自身の専用ベッドに入るとすぐに寝息を立て始めた。ラナも同じように目を閉じようとしたが、今日の夜は何時もより暗いことに気付く。

「今日は、朔《さく》の日、なんだ……」

空に浮かんで闇夜《やみよ》を照らしてくれる冷たくもどこか心地いい月はなく、瞬く星々も雲の所為でその数は少なく見える。

「なんだか、嫌な感じが、する……」

昔から新月である朔の日があまり好きではなかった。

物心ついた時からこの日の夜は地に足が着かないような、凄くふわふわしているような、そんな不安定感が常にあるから。しかし、今夜は何時もの不安定感とはまた違った「何か」があった。兎《うさぎ》の加護特有のものではないような、小さな違和感。それが何であるのかは分からないが、なんだか胸騒ぎがする。

「……もう、寝よう」

きっと気の所為だ。アーネストもいない、朔の日だから余計にそう感じるのだと無理やり思い込み、ラナは今度こそ瞳《ひとみ》を閉じた。今日も動いたから疲れていたのだろう。すぐに暗い夢の中へと旅立った。

暗い微睡《まどろみ》の中、音を聞いた。そして甘い、お菓子とは違う匂いがする。音と匂いは段々と強くなっていき、ラナはハッと目を覚ます。

音の正体はラナのベッドの上にいるリードの唸《うな》り声だ。今にも倒れるんじゃないかと思うくらい凄く苦しそうにしながらも警戒を緩めず、窓に向かって唸り続けている。

「り、リード？」

「ら、ラナ、様、僕の後ろ、に、いるん、だぞ」

「で、でも、そんなに、苦しそうで」

「この、匂い、だ、ぞ。この匂い、嫌い、なんだぞッ」

「匂い？」

そこまで強くはないものの、確かに甘い匂いが充満している。

リードの様子や嗅《か》ぎなれない匂いだけでも、何か良くないことが起こっているのは明白だ。

「来るッ！」

反射的に窓へ視線を戻す。バルコニーには闇夜に紛れるかのように黒いローブを着た三人の人物が下から飛び乗ってきた。

リードはさらに警戒を強めたようで、唸り声がさらに強くなる。

侵入者の一人が窓ガラスを破壊し、鍵《かぎ》を開け、三人は足音もなく侵入してきた。

「――――ッ！」

目の前にいる者たちは誰なのか。どうしてこの屋敷に侵入できたのか。どうすればこの危機から脱することができるのか。こんなにも怖いと思うことは生まれて初めてだった。

侵入者たちは、ラナたちが逃げられないようにするためだろう。ベッドの三方向を囲い、話し始める。

「こいつで間違いないのか」

「ちょっと待て。今確認する」

少しくぐもっているが声で二人は男だと分かる。「確認する」と言った男が懐から何かを取り出した。暗くて分かりづらいが丸い球体のようなものを掲げる。球体の中でいろんな色の光が渦巻き出したと思った瞬間、赤く光り出した。

「赤ってことは、室内に魔力反応が三つ。どうやら間違いなさそうだな」

「兎は魔力がないって話だからな」

恐怖の中で聞こえてきた男たちの会話は確実にラナに用があると分かるものだった。この屋敷に男の言う特徴を持つ人物など、一人しかいない。

「おまえ、ら、誰だ」

「なんだこの犬」

「あれだ、妖精」

「なら香の効果か。ふらふらしてやがる」

「この匂い、おまえたちがッ！　それに、ラナ様、に、なんの、用、だ！」

「用なんて知れたこと。そいつを攫《さら》いに来たんだよ」

「そんなこと、させ、る、かッ!!」

その瞬間、リードが男に襲い掛かり、ラナの方へと伸ばされていた手に、思いっきり噛《か》みついた。

「痛ってぇなぁクソがッ！」

「キャンッ！」

「リード！」

リードは男の反対の手によって掴《つか》まれると、床に叩きつけられるように投げ飛ばされた。叩きつけられた反動でリードの体が弾んで床に落ちる。リードの方へ行こうとしても、恐怖で腰が抜けて立つことができない。右手をリードの方へ伸ばすだけで精一杯だった。

「この犬っころが！」

「やめて‼」

噛みつかれた男は頭に血がのぼったのだろう。叩きつけるだけには飽き足らず、小さいリードの体を力一杯蹴《け》り飛ばした。

「リードッ！」

「そんなのに構ってねぇで、さっさと終わらすぞ～」

「帰るまでが仕事ってな。あっはっは！」

男に叩きつけられ、蹴られた影響だろう。リードは少し呻《うめ》くと動かなくなった。その様子に最悪の事態が頭をよぎる。

リードが死んでしまう。両親の死と重なった気がした。

耳に入ってくるのは侵入者たちの愉快そうな声と、自身の荒い息と早くなる心音。

一番に助けを求めたい人は今、この屋敷にいない。帰ってくるのは朝になってから。眠ってから今までどれぐらいの時間が過ぎたのか分からないが、夜明けが来る気配はなかった。

今まで理不尽なことばかりだった。両親が死んだ時、叔父夫婦が豹変《ひょうへん》して暴力を振るってきた時、そして人身売買組織に売られた時。その全てに耐えてきた。諦《あきら》めることを知っていたから。それらの中でも、ここまで言葉では表せないほど恐怖を感じたのは初めてだった。

「さ、お嬢ちゃんは大人しく俺らに捕まるこったな」

男が再度、こちらに手を伸ばしてくる。どうしようもない現実から目を背けたくて、ぎゅっと瞳を閉じる。

思い浮かべたのはリードやこの屋敷の人たちの安否。そして、自分を地獄から救ってくれた、厳しいけど優しくて、誠実で真っすぐな人。

「……あ、アーネスト、様ッ」

「ウグッ！」

その名前が零《こぼ》れた時、誰かの呻き声が上がり、「ドサッ」という音がした。

何が起こったのか分からず、おずおずと目を開ける。立っている人物は三人。その内の一人が掌からいくつもの青い火の玉を出し、暗い部屋の中を照らしていく。そのおかげで部屋に誰がいるのかを見ることができるようになった。闇夜に紛れるような暗い色のローブを被《かぶ》り、黒い布で口を隠している男が二人。さらにもう一人。男二人とは明らかに違う騎士団の服を身にまとっている者。この場にいるはずがない人物。

「アーネスト、様……」

紛れもない。アーネスト、その人だった。

さっきの呻き声と音は侵入者の一人のものだったようで、魔法でできた薄っすらと黄色く発光する透明な鎖によって拘束され、床に転がされている。

一方のアーネストの表情は、見たこともないほどの怒りに満ちている。

アーネストは床に倒れているリードを抱き上げると、そっと専用のベッドへと寝かせた。

「リード……！」

リードに触れると温かく、一定の間隔でお腹《なか》が上下していて、気絶しているだけのようで安《あん》堵《ど》する。

アーネストはリードから離れ、侵入者たちと対峙《たいじ》した。男たちは持っていた短剣を構え、一斉にアーネストへ向かう。

アーネストに近かった男が先に攻撃を仕掛けたが、瞬時の判断で相手の鳩尾《みぞおち》に鋭い蹴りを入れ、もう一方の短剣をアーネストが己の剣で受け止める。「ガキンッ！」という金属音が部屋に響き、競り合っている。

「よくも、よくもラナを恐怖させ、リードを……ッ！」

酷《ひど》い怒りを含んでいながらも、どこか冷静さがある。アーネストは剣で短剣を受け流して弾《はじ》くと一瞬で相手の懐に入り、鳩尾を思い切り殴って気絶させた。

「この、バケモノが!!」

蹴られた方の男がアーネストに向かって風の球体を放ち、それに続くように短剣を構えて攻撃しようとする。しかし、蹴りを入れられた反動が効いている所為か、先ほどまでの勢いはないように見えた。

そんな相手などアーネストにとって敵ではない。

「グッ」

剣で風魔法を即座に断ち切り、向かってきた男の腕を掴んで引く。すれ違う際に首の項《うなじ》に手刀を入れると、男はそのまま床に倒れて気絶した。二人も一人目の男と同じように魔法で鎖が生成され、拘束される。

「あ、アーネスト、様……」

アーネストを呼ぶと、彼はこちらを向き、持っていた剣を落として私の元へ走り、抱きしめてきた。そっと、アーネストの背中に腕を回し、服を握りしめる。

『怖かった。もうダメかと思った。どうしていなかったの。もっと早く来て』と、アーネストへの理不尽な思いばかりが募る。

ラナ自身、どうしてこんなことを思ってしまうのかは分からない。頭の中に浮かんでくる言葉はそんな、危機から助けてくれたアーネストに対してあんまりなものばかり。

けれど、それと同時にあることを自覚した。

ラナはとっくに、アーネストのことを『信頼』していたのだと。

信頼しているからこそ責めてしまうし、理不尽なことを思ってしまう。

公爵家に初めて来た時や加護について教えてくれた時に言ってくれた『必ず守る』という言葉を、もう既に信じていたのだ。いないはずのアーネストの名前を呼んだのが何よりの証拠。

それならば、これを言わなくてはならない。信じさせてくれた彼に、この言葉を。

「守って、くれて、ありが、とう」

震える唇を必死に動かし、掠《かす》れる小さな声で紡ぎ出した。ちゃんと聞こえていたのだろう。抱きしめてくる力が強くなり、よりアーネストの体温を感じる。

その温もりの中、彼の服をさらに握りしめ、胸に顔を埋めて声を上げることなく、泣きじゃくり、ラナはそのまま眠ってしまった。

ただ抱き合う二人を雲一つない空に瞬く、数多《あまた》の星々だけが見守っていた。


ラナが目を覚ますと、既に太陽は天高く昇っていて、昼過ぎであることを示していた。

「起きたか」

聞きなれた声のする方を向くと、書類を手に椅子に座っているアーネストがいた。

「あ、リード、リードの怪我《けが》は、」

「大丈夫だ。リード！　リードは朝には完治し、今は屋敷の見回りに出ているよ。妖精は軟《やわ》ではないからな」

「で、でも、あんなに苦しそうで……」

「それは、お香の所為だ」

「お香？」

頷いたアーネストは、お香のことを話し出した。

あの時の甘い匂いは何者かの手によって屋敷の至る場所に設置されたお香によるものだったらしい。その効果は、妖精にのみ効果のある強力な眠り薬のようなもので、今では違法とされているもの。

設置されていたのは一階部分だったことと、少し耐性があったおかげでリードは持ち堪《こた》えることができたそうだ。

「じゃあ、使用人の、皆は、」

「そちらも大丈夫だ」

人間の血が入っていても近距離で香を浴び、耐性がなかったミフリーの使用人たちのほとんどが気絶。何とか気絶までは免れた二名の者達とセドリック、アルバルトは他にもいた複数の侵入者の相手をしなければならなかったが、怪我はなかったという。

「気絶した使用人たちはアルバルトの処置で回復している。皆無事だから、安心するといい」

「良かった……！」

屋敷の皆の無事を聞き、やっと安心できたのだろう。自然と涙が溢《あふ》れてきた。

「それで、ここは？　あと、一晩は、帰って来ない、はずじゃ……」

涙を拭《ぬぐ》って、寝かされていた部屋を見渡す。ここは明らかに与えられている部屋ではなく、どこか別の部屋であることが分かる。公爵邸に来てお手伝いでいろんな部屋に入ったことはあるが、この部屋は入った記憶がないため、ここがどこだか分からなかった。

それに、どうしてあの時、アーネストが助けに来てくれたのか。

「まず、ここはどこなのかという質問に対してだが、ここは私の部屋だ」

「……え？」

「正確には私の寝室だな」

アーネストの部屋で、しかも寝室。寝室とは寝るための部屋のこと。ということは今、ラナが使っているベッドは……。

「……？　ッ!?」

言葉の意味を整理し、ベッドがアーネストの物であると理解する。慌ててベッドから出ようとして、シーツが足に絡まって落ちてしまった。

「大丈夫か!?」

「だ、大丈夫、です……」

立ち上がりながら一緒に落ちてしまったシーツをベッドの上に戻し、一先ずソファに座る。

その後、アルバルトによる診察を受けたが異常なし。いろいろと聞きたいことはあったが、セドリックが持ってきてくれた食事を摂りながら、話を聞くことになった。

「さっきも言った通り、ここは私の部屋だ。ラナをあの部屋で休ませるわけにはいかないからな。それに、私の服を掴んで眠ってしまったため、ここへ運び……その、申し訳ないが、共に一晩を過ごさせてもらった」

「ひ、ひとばん……」

「勿論、誓っておかしなことはしていないから心配しないで欲しい。眠ってはいたが、リードもいたから」

安心させるためだろう。アーネストがすかさず何もなかったことを説明してくるが、服を掴んでいた所為で一晩を一緒に過ごさなくてはならなかったアーネストへの申し訳なさと彼のベッドで過ごしたことによる羞恥心《しゅうちしん》でそれどころではなかった。

「もう一つの質問についてだが、確かに私は昨晩、帰宅する予定ではなかった。実際、襲撃の直前まで城の執務室で仕事をしていた」

だったらなおさら不思議だ。どうやってそんな短時間で危機を知り、公爵邸まで帰ってくることができるのだろうか。

「最初に、セドリックから囲まれているようだと連絡が入った。その後すぐにお香の所為で事態が急変し、それを知った直後、ラナが危機に陥っていることが伝わってきたんだ」

「え、」

「竜だけでなく虎もだが、兎の加護持ちを初めて視界に入れたその瞬間から意識すれば兎が何処《どこ》にいるのか分かるようになる。そして、兎に危機が迫った時には兎が抱いている感情が全て伝わってくるようになるんだ」

「それじゃ、あの、嵐《あらし》の日も……」

「ああ。あの時が初めてだったが、これのおかげでラナに寄り添うことができた」

あの時、リードが出て行ってすぐに雨が降り始め、雷が鳴った。苦手だとは言ったが、嵐が怖いことはリードどころか、誰にも言っていなかったはずなのにアーネストが来てくれた。あの時感じていた恐怖が危機として竜であるアーネストに伝わったのだ。

一人納得していると、ふいに彼の表情に真剣みが増す。

「今回の件は私の甘さが招いた失態だ。ラナには怖い思いをさせ、本当に申し訳なかった」

「そんなこと、ありません！」

ラナは思わず声に出して否定した。今回のことはアーネストの所為ではない。起きないことが一番いいが、そんな未来予知などできるはずがない。なのに、アーネストは首を横に振る。

「私の考えが甘く、ラナが危険に陥ったのは事実だ」

ラナがいくら否定しても自分に厳しいアーネストは自分を許すことなどできないのだろう。

「そこでだ。安全のために今後、ラナの部屋はこの部屋の隣にしよう。そこなら執務室からも近く、すぐに駆け付けることができるからな。侵入者は全て確保したが、まだ匂いが残っている屋敷ではリードやミフリーたちの力が十分に発揮できない可能性もあるから、とても安全とは言い難い」

「薄々思って、いましたけど、私、狙われてるん、ですね……」

ここに来てからもう二ヶ月近く経った。体の傷はとっくに癒え、体力もお手伝いのために屋敷中を歩いたおかげで当初よりもついてきた。少しなら走ることもできるようになり、歩いただけで息切れすることもない。

しかし、庭に出ることは許されても、敷地へ入る門に近づくことすら許されていない。どれだけ鈍感でもおかしいと感じるには十分だ。

今思えば、初めから気付くための手がかりはあった。リードの存在だ。リードは侍女兼護衛。なぜ、屋敷から出られないのに護衛が必要なのか。

「私が『兎』、だから……」

教えてもらった兎の加護の歴史。狙われ続け、その数を減らし、一時期は帝国で厳重に保護されていた一族。

今でこそ『ハズレ加護』『ハズレ持ち』と言われ、無能の象徴のような扱いをされているものの、本来はそうではなかった。

かつて流れた噂《うわさ》が今この時、残り続けているのだとしたら、狙われるのは当然のこと。何らかの直接的な攻撃が起こりえるかもしれないとアーネストは確信していたのだろう。

そして、それは現実となった。

「アーネスト様は、分かっていたん、ですね。私が、狙われてるって」

「そうだ」

即座に肯定するあたり、彼らしいと言える。その真っすぐさが今は酷く残酷に思えたが、下手《へた》にはぐらかされるよりずっといい。

「この件は本来、ラナに一切知らせることなく片付けるつもりだった。もう、ラナが辛い思いや嫌な思いをしないように……この屋敷でリードたちに囲まれて、幸せに暮らして欲しかった。だが、直接ラナを狙ってきた以上、そうもいかない」

ラナの知らないところで、ことが大きく動き出していた、いや、既に動いていたのだ。あの日、アーネストに助け出された時から。

アーネストから肯定された今では、それが予想の範囲内であることは簡単に想像できる。だからこそ、彼に問うた。

「どうして、どうして、何も……」

　教えてくれていれば、もっとやりようがあったかもしれない。腰など抜かすことなく、必死に守ってくれたリードの元へ駆け寄り、抱きしめてやることもできたかもしれない。既に過ぎたことであり、どうしようもないことは分かっている。それでも、と考えてしまう。

「……兎を守る。それが竜と虎に神が与えた役目だ。その役目とは別に『役割』というものが存在するんだ。虎には『矛』と『導き』、そして竜には『盾』と『慈しみ』という役割がな」

「やく、わり」

　アーネストは立ち上がり、隣に腰を下ろした。

「私は竜だ。兎である君を守り、慈しみたい。特に私は竜の本能が強いらしいから、その想いがより強い。だから、」

「一人、で……」

「正確には一人ではないが……ラナにだけは、当事者と言えど余計な心配や心労は与えたくなかった。襲撃に怯《おび》える日々を過ごして欲しくはなかったんだ」

　困った表情で話すアーネストに、どれだけ苦心し、考えてくれていたのかを想像する。例えそれが、竜としての役目と役割だとしても。

　ドラグディア公爵邸にやってきてから、この箱庭の中でずっと、ラナはアーネストやリード、セドリック、使用人たちによって守られていた。アーネストの言う通り、ここには幸せと安心が溢れている。何も知らされていなくても、それだけは事実だった。いや、ラナの当時の現状がそうせざるを得なかったのだ。

「……本当、は、教えて欲し、かった、です。自分のこと、だから。でも、」

今回のことはどうしようもないことだと分かっている。

もし教えてもらっていたとして、アーネストを信頼する前のラナには受け入れることなど到底できなかっただろう。やっと前に進むことができたのに、その努力も水の泡になってしまっていたかもしれない。

それに、アーネストは帝国騎士団の団長だ。帝国のためにはラナのことばかりに構ってなどいられない。

「……私には、何にも、できません。知っても、ただの足でまといに、しか……」

この十年間、領分を弁《わきま》えて生きてきた。そうしないと生きていくことができない環境だったから。生きるためには必要不可欠なことだった。だからこそ、できることとできないことが分かる。

今回の事件でラナには何もできないことを改めて突き付けられた。

侵入者が手を伸ばしてきた時、リードが噛みついて身を挺《てい》して守ってくれなければ、既に敵の手中に落ちていた。リードが死んでしまうかもしれないという事実と、例え抵抗できたとしても簡単に押さえ込まれてしまう現実に恐怖で体が動かず、叫ぶことすらできなかった。

ラナもアーネストの力になりたい。何かしたい。それ以上に、自分のことだから自分で何とかしなければという思いの方が強かった。

けれど現実は容赦なく、それが無駄であり、余計なことだと刃《やいば》を突き立ててくる。ラナが動くことによって、アーネストにかかっている負担が大きくなるのは明白で、恐怖に震えるしかなかった者にできることなど、何もない。どんなに足掻《あが》いても、嫌だと叫んでも、結局は守られているしかない。無力で非力なラナに取れる行動はたった一つだけだった。

「アーネスト様」

「なんだ?」

「私、守られてるだけ、なんて、嫌、です。アーネスト様の、力に、なりたい。できることなら、隣に立ちたい」

「……」

アーネストはただ黙っているだけだったが、その黄金《こがね》の瞳はじっとラナを見据え、見定めようとしているかのようだ。

「でも、今の私に、できることは、何も、ありません……。だから、お守りを、作りますね」

昨夜のアーネストの姿を思い出す。侵入者が怖かったのは確かだが、ラナを守ってくれたアーネストの姿は言葉では言い表せないほどカッコよく、胸の奥が何だか熱くなるような感覚の方が大きかった。

アーネストには内緒で、彼の分のお守りも作る予定だ。このお守りが彼に幸せを運んでくれるようにという願いと、無事を願う祈りを込めるつもりだ。ラナにできるのはこれぐらいしかないから。

思わぬ回答だったのか、アーネストはきょとんとすると、笑い始めた。どうやら、最高の回答だったらしい。

「君らしい、とても素敵な答えだよ」

微笑みながら優しく頭を撫でられる。触れているだけで安心できる、大きな手。この手で何時も多くの人の上に立ち、沢山のものを守っているのだろう。その中には確実にラナも入っていると考えると、嬉しいという感情とは他に、名前の分からない小さなものが芽を出したような、そんな気がした。

アーネストの肩越しに外が見える。空は昨夜の出来事が嘘みたいに穏やかな晴れ間が続いている。その空が、より眩《まぶ》しく思えた。

【第四章　ランタンと自覚と決意】

「いち、に、さん、し、ご、ろく……よし、全部ある」

「じゃあ、行くか？」

「うん」

祝福の日当日。リードの助けもあり、お守りを全《すべ》て完成させることができた。それらを籠《かご》に入れて、ちゃんと全員分あるのかを確認する。

初めて作ったにしては満足のいく出来で、自然と口角が上がる。

「その前に……はい、リード」

「ぼ、僕にもあるのか⁉」

「当たり前、だよ」

籠の中からお守りを一個取り出すと、ソファの長机に座っているリードに渡す。アーネストのものもそうだが、リードの分のお守りも内緒で作っていたのだ。

お守りを作ると決めた時、一つだけ悩みがあった。お守りは使用人たちだけでなく、アーネストとリードにも渡したいと考えていた。問題は彼らがお守りのことを知っており、リードに至っては手伝ってもらっている。渡したい本人に買って来てもらって、手伝ってもらうことに違和感があったのだ。

セドリックに頼もうかと思ったが、祝福の日が近いというのもあって忙しそうにしていて、非常に頼みにくかった。

お守りを贈ると決めてから二日。祝福の日まで日があるとはいえ、どうすれば知られることなく、品を用意できるのか。このままではただ時間が過ぎるだけだと少し焦り始めた、そんな時のこと。

その日はリードがお城にいるアーネストに書類を渡しに行くため、エルフで非常に魔法に長《た》けているアルバルトの元にいた。

「ラナ嬢は何をそんなに悩んでおるのじゃ？」

「アルバルト、先生」

アルバルトは「どこが分からないんじゃ？」と手元を覗《のぞ》き込んできた。ちょうどアーネストに出された課題を行っており、それについて悩んでいると思ったようだ。

「あ、いえ、課題では、なく、て……」

「何か、悩みごとかのぉ」

「その……」

ラナは思い切ってアーネストとリードに贈り物をしたいけど何時《いつ》もリードがいて、それが難しいと話した。

「であれば、儂《わし》が手伝ってやろうかのぉ」

「え？」

「つまりは、人手がいるのだろう？　だったら、儂が何とかしてやろう」

「いいん、です、か？」

「それぐらい構わんよ」

好意に甘え、お守りの材料の調達をお願いすることに。作業はリードがいない時を見計らって行っていたため、無事に気付かれることなく、完成させることができたのだ。

リードの首輪にお守りを着けてあげると、真珠の瞳《ひとみ》をキラキラと輝かせる。

「ありがとうだぞ！」

「こっちこそ、何時も、ありがとう」

「ら、ラナ様～ッ‼」

リードは嬉《うれ》しさ余って飛びついてきた。それを受け止めて、ぎゅっと抱きしめる。

「それじゃ、行くんだぞ！」

興奮が収まったリードの声と共に、リードの次に渡したい人のところへ行く。向かった先は温室。椅子《いす》に座り、優雅にお茶を楽しんでいるアルバルトだ。

「おーい、アルバルト！」

「ん？　おお、ラナ嬢とリードか。いかがなされた」

「あ、あの、これ」

「ほぉ、これはまた可愛《かわい》らしい」

「お世話になってる、お礼、です」

「これはこれは、良いものを頂いたのぉ」

アルバルトに「ありがとう」と言われ、なんだか気恥ずかしくなったが、とても嬉しかった。

アルバルトと別れ、使用人たちを探していく。その後も屋敷の中を歩き回っていたが、何時もなら誰《だれ》かしら見つかるはずなのに、誰も見つからない。

「どこにいるの、かな？」

「う～ん……あ、そういえば」

「どうしたの？」

「ランタン作ってるかもしれないんだぞ」

「え、それって、この前の？」

「そうだぞ。思い出したんだが、毎年当日にミフリーたちが組み立ててたんだぞ」

祝福の日の当日は使用人専用の食堂のテーブルを使って、侍女と侍従総出で大量のランタンを組み立てているという。今年も例年通りであるなら可能性は高い。

目的地の食堂に向かうと、リードの言葉通り、侍女と侍従たち、それに庭師のドワーフのミフリーであるお爺《じい》さんがせっせとランタンを組み立てていた。

部屋に入ると、出入り口に一番近かったシロツメクサの侍女が気付いたようで、ラナの方を向いて口を動かすと、侍女と侍従たちが一斉にラナたちの方に向く。そして即座に立ち上がり、頭を下げた。その様子にラナが硬直していると、リードが溜息《ためいき》を吐《つ》く。

「ラナ様がお前たちに用があるんだぞ」

リードの言葉で硬直が解け、何とか言葉にする。

「あ、あの、えと、顔を、上げてください。忙しい中、ごめんなさい、その、お、お世話になってる、お礼がした、くて」

籠からお守りを一つ取り出すと、一番近くにいたシロツメクサの侍女に、真っ白なシルクの布でできたお守りを手渡す。

お守りを受け取ったシロツメクサの侍女はすぐにシルクでできていると気付いたようで、頬を赤らめ、一礼してきた。しかもさっきよりも深く下げられたことに慌てる。

「めちゃくちゃ喜んでるんだぞ。受け取りますって言ってから、さっきみたいに顔を上げてって言えば大丈夫だぞ」

「わ、分かった。受け取ります、顔を上げて」

シロツメクサの侍女は顔を上げるとお守りに視線を戻し、大事そうにお守りを撫《な》でている。

それだけでも、とても喜んでくれていることが伝わってきて、なんだか幸せな気分になった。

「ラナ様、次に行くんだぞ」

「うん」

ラナはシロツメクサの侍女と同じように、侍女と侍従たちにシルクでできたお守りを渡していった。貰《もら》った全員が深々と頭を下げ、本当に嬉しそうだ。

「でも、この量を、日暮れまでに、できるの、かな？」

渡し終えた後、見回してみると食堂の床には沢山の箱が置かれており、出来上がるだろうランタンの量は十個、二十個どころではないことは予想に容易《たやす》い。

できるならやってみたいが、流石《さすが》に時間がない中、邪魔になるだろうと思った。

すると、シロツメクサの侍女がラナの元へやって来て、何かを伝えようとしている。

「一緒にランタンを作らないかって聞いてるんだぞ」

リード曰《いわ》く、シロツメクサの侍女は一緒にランタンを作りたいのだという。実のところ、ランタンづくりがしてみたいと考えていたため、嬉しかった。

「え、いいの？」

シロツメクサの侍女はコクリと頷《うなず》く。

「でも、お守りが……」

籠の中にはあと二つお守りが残っている。一つはセドリックのもので、もう一つはアーネストのものだ。

どうしようかと悩んでいると、シロツメクサの侍女が何かラナに伝えようとしていた。

「ラナ様、ラナ様」

「どうしたの？」

「セドリックなら、後でここに来るって言ってるんだぞ」

「そうなの？」

「らしいんだぞ。セドリックはそん時に渡せばいいんだぞ」

シロツメクサの侍女の言葉と、リードの提案を聞き、従うことにした。彼女が座っていた席の隣に案内される。教えてもらった通りに組み立てていくと、一つのランタンができた。

「できた……！」

ランタンの組み立ては思っていたよりも簡単だった。

袋状にされている専用の紙の中に四角い台を入れ、前と後ろにそれぞれスノードロップとドラグディア公爵家の家紋の判を捺《お》し、乾かす。その間に、四角い木枠の二つの角に針金を設置し、木枠の内側の中心に、反対側の針金で小さくて軽いお皿のようなものを取り付ける。

最後に、できた木枠に乾かしておいた袋を取り付けると、祝福の日専用ランタンの完成だ。

初めてであったため、使用人たちのように綺麗《きれい》にとはいかなかったものの、次の物は一つ目よりも上手《うま》くできて、三つ目は二つ目よりもさらに綺麗に作ることができた。上手くなっていくごとに嬉しさが募っていく。

「ここにおられたのですね、ラナ様」

何個目かのランタンを作り終わった時、セドリックに声をかけられた。シロツメクサの侍女の言葉通りに、食堂へ来たようだった。

「どうか、しました、か？」

「旦那様がラナ様をお探しですよ。旦那様の元まで案内致しますので、こちらへ」

「？　分かりま、した」

「では、行きましょうか」

「あ、待って……これを。お礼、です」

セドリックを呼び止め、籠の中からお守りを一個取り出す。

「何時も、ありがとう、ございます」

「なんと……こちらこそ。素晴らしいものを、ありがとう御座います」

差し出したお守りを受け取ってくれたセドリックは嬉しそうに喜んでくれた。

使用人たちと分かれ、セドリックの案内の下、アーネストのところへ向かう。最初は執務室へ行くのかと思っていたが、どうやら執務室に向かってはいないようで、不思議に思った。

「あの、執務室じゃ、ないんですか？」

「ええ。執務室ではなく、衣装室におられます」

現在はラナ専用の部屋となっており、部屋にある物はアーネストの母のもの以外は不本意ながら全てラナの物となっている衣装室。

本来ならそこで着替えるのだが、入る機会はほとんどない。入ったのは探検の時と布を探した時、さらにもう一回だけ入ったことがあった。

それは、ライゼルドやリンセントと会った後のことだ。

「ラナ様」

「何？」

その日は、紫陽花《あじさい》の侍女と一緒に刺繍《ししゅう》の練習をしていて、それがちょうど終わった時だった。どこかへ行っていたリードが戻ってきて早々、「ちょっと来て欲しいところがある」と言う。

「どこ、に？」

「衣装室だぞ」

なぜ衣装室に行くのかは分からなかったが、早く早くと急《せ》かされ、ラナは部屋から連れ出される。衣装室の前に着くと、そこにはアーネストが待っていた。

「アーネスト様」

「ラナに見せたいものがあるんだ。開けてみてくれ」

不思議に思いながら言われた通りに衣装室の扉を開けた。そこは初めて入った時とは違い、大量のドレスがハンガーにかけられ、綺麗に並べられている。その光景は壮観で、衣装室のはずなのに服屋のように感じた。

「全て、ラナの物だ」

「……え？」

今、とんでもないことを聞いたような気がする。確かに綺麗なドレスだなとは思ったが、これが全てラナの物だと言われても意味が分からなかった。

「ここにある物は全て、ラナのために用意した。君を怖がらせたお詫《わ》びだ」

自信満々に言われるが正直なところ、この人は何を言っているのだろうかと困惑するしかない。そして、お詫びだとしても行動が斜め上過ぎる。

固まる中、アーネストにエスコートされ、今度は隣のクローゼット部屋へと案内される。そこは変わらず、数えきれないほどのドレスがさっきの部屋のように綺麗に並べられていた。

「この部屋のドレスは私の母の物だが、もう着ないらしい。だから好きにして構わない」

「てことは、実質ラナ様のだな！」

当然のように言うアーネストと、自分のことのように嬉しそうなリードに困惑が加速する。

「ど、どういう、」

なぜそんなことになっているのか。ラナは一切、ドレスが欲しいだの、装飾品が欲しいだのと言った覚えはないし、そんな思いなど微塵《みじん》もない。今着ている服だって、元からあるものを貸してもらっているだけだと思っていたぐらいだ。

「そのままの意味だぞ？　さっきの部屋に置いてあるのは全部ラナ様の服や装飾品で、こっちのもラナ様のだ」

何を言っているのと言われているようで非常に解せないが、それより訂正しなくてはと焦る。

「す、好きにして、いいっていう、アーネスト様の言うことも、そうだけど、だからって、私のものって、ことには、」

「なんでだ？『もう着ないそうだ。だから好きにして構わない』って今ご主人が言ったんだぞ？　ってことは、ラナ様の物って言っても差し支えないんだぞ」

「さ、差し支えしか、ないよ？」

当然のことだと言わんばかりのリードに、ラナは頭が痛くなりそうだった。

妖精《ようせい》は厳しい決まり事の中で生きている。故に、言葉を独自の視点で解釈することがある。

リードは人との生活が長いので、あまりないが、アーネストの『好きに使え』を、『好きに使っていい』＝『好きにしていい』＝『自由に使える』＝『自由に使えるのはその人の所有物』＝『実質ラナの物』と解釈したようだ。

妖精的解釈であってくれとアーネストを見る。どうか、そうじゃないと言ってくれと。限りなく薄そうだが、願うしかなかった。

「アーネスト、様？」

「ん？　そういう意味で合っているが……」

「……」

妖精的解釈をしていなかったのはラナだけだったようで、彼も最初からそのつもりだったらしい。

「それより、このドレスはどうだろうか？　ラナにとても似合うと思う」

アーネストにさっきの部屋へと再度エスコートされ、ラナは楽しそうに選ぶ様子を見るしかなかった。

「諦《あきら》めるんだぞ。やっと会えた兎《うさぎ》が自分の庇護《ひご》下にあることに竜の本能が少し暴走してるんだぞ。セドリックが止めなけりゃ、これの倍は絶対に買ってたな。それに、もっと増やすつもりなんだぞ」

容赦も慈悲もない言葉に体の熱が一気に冷えていくのが分かる。あの高そうな、というか絶対に高いドレスや装飾品がこれ以上になるさまなど見たくない。

「気に入る物がないなら、サタリア商会を呼んでラナが気にいるドレスや装飾品を選ぼうか。ここにあるものは私が選んでしまったからな。やはり、本人がどう思うかが重要だろう」

アーネストの提案がラナに追い打ちをかけた。サタリア商会の名前は、叔母がよく口にしていたためラナでも知っている。隣国発祥の商会で、創業約二十年という短期間にもかかわらず、帝国で知らない者はいないほどの大商会だ。

ラナはアーネストが話した様子を思い浮かべるが、そんな状況に耐えられるとは到底思えず、ただ震えながら首を横に振ることしかできなかった。

その後、様子を見に来たセドリックがアーネストを「ラナ様を混乱させないで頂きたい」と諫《いさ》めてくれた。

「だが、どれも似合う。であれば、全て買うべきだ。それにラナの好みを把握したい」

「好みを把握するのは良いですが、旦那様の価値観とラナ様の価値観を一緒になさらないでください。御覧なさい。あんなにも青ざめて……お可哀想《かわいそう》に」

「セドリックさん……」

この場においての良心はまさにセドリックだけだった。関係性は違うが、飼い犬は飼い主に似るというように、リードの思考はアーネスト寄り。頼りになるのは間違いないが、今回ばかりは違った。

「そうは言うが、どれも必要だ。多くて悪いことなどないだろう？」

「増やすのは大賛成ですが、一度に増やさなくても良いのです。何事にも限度というものがあります」

「せ、セドリック、さん？」

セドリックが唯一の良心だと思っていたが、これも違っていたようで、増やすことに関しては大賛成だと言う。この時だけはラナの味方は誰一人としておらず、顔を青ざめさせるばかりだった。

結局、あの後、ラナが恐れ多過ぎて恐縮してしまうという理由から、アーネストの母親の物は使用しないということになった。また、服は成長に合わせて購入し、装飾品は必要不可欠なもの以外は購入しないということで落ち着いた。そのことを思い出し、お腹《なか》が痛くなるような感じがする。部屋に近づいてくると、その扉の前に誰かがいるのが分かった。

「旦那様、お連れ致しました」

「ご苦労だった。では、行こうか」

状況が理解できずに戸惑っているとアーネストに手を取られ、部屋の中へ誘われる。中は相変わらず数えきれないほどのドレスや靴、帽子などがあり、部屋の中央に置かれているトルソーには一着の服が着せられていた。白をベースにした、ラナの膝下《ひざした》まで丈があるAラインのワンピースで、袖口《そでぐち》やスカートの裾《すそ》、くびれの部分のベルトに緑寄りの黄緑のフリルやリボンがあしらわれ、どこかスノードロップを思わせる衣装だった。

「リード、後は任せた」

「了解だぞ！　さ、やるんだぞ！」

「え、」

綺麗な服だと思っていると、アーネストは一言そう言い残し、部屋を出て行ってしまった。

頭に乗っていたリードが下りると侍女の姿になり、どこから現れたのか他の侍女たちもいる。

リードがニンマリと笑みを浮かべ、その手をラナの肩に置いた。

「あ、あの、り、リー、ド？」

「さぁ、ラナ様。お着替えの時間なんだぞ！」

「ちょ、リードッ、」

瞬く間にリードによって着ている服を脱がされ、侍女たちに例のワンピースを着せられる。

「次はここに座るんだぞ」

見事な連携で着替えさせられたかと思ったら、今度は化粧台の前に座らされ、有無を言わさずに軽く化粧され、結われていた髪を解かれた。

「今回は、この髪留めはお休みなんだぞ～」

リードのお気に入りらしい細めの赤いリボンの髪留めを外されると優しく櫛《くし》で髪を梳《す》かれ、両側の髪を三つ編みにして後ろでいつもより太めの赤いリボンによってまとめられる。そして、白いカスミソウのドライフラワーが三つ編みや髪の下ろされている部分に飾られていった。

最後に、いつの間にか用意されていたワンピースによく合う、白くて少しかかとが高い靴を履かされる。

「完成したんだぞ！　さ、姿見で見てみるんだぞ」

化粧台から姿見の前に立たされ、完成したという姿を見た。そこにはワンピースを着て、新たに髪を結って化粧を施され、少し顔を赤らめたラナが映っていた。

「とっても綺麗なんだぞ！」

「そうだね。このワンピース、とっても綺麗」

「……そうじゃないんだぞ」

「何か言った？」

「はぁ……なんでもないんだぞ。あ、籠は持ってっちゃダメなんだぞ」

「え？　でも、お守りが……」

「なら、ちょうどポケットがあるから、その中に入れるんだぞ」

リードに示されたのはスカート部分のポケット。ラナは首を傾《かし》げながら言う通りにお守りをポケットの中に入れ、リードに急かされながら衣装室から出る。

廊下にはアーネストが窓側の壁にもたれて立っていて、部屋からラナたちが出てきたと知ると、壁から離れてラナの元に向かってきた。

「あの、どうでしょう、か……？」

「とても、似合っているよ。だが、日が落ちると寒くなるからこれを」

アーネストは自身が着ていた上着をラナにかけてくれた。

「ありがとう、ございます」

「ああ。それと、これから連れて行きたいところがあるんだが、いいだろうか？」

ほんのりと彼の頬《ほお》が赤く色づいている。それに気付いた途端、伝染したかのようにラナの頬に熱が集まった。

「だ、大丈夫、です」

「では、行こうか」

アーネストが手を差し出してきて、ラナは戸惑いながらも自身の手を重ねた。


「ここだ」

馬の背に相乗りしてやってきたのは屋敷の裏側にある、少し離れた小高い丘の上。そこからは自然に囲まれたドラグディア邸だけではなく、その向こうにある高い塀に囲まれた帝都から漏れる明かりや大きなお城。帝都がある場所から右側の街道やそれらより奥の遠くにある山々に沈む夕日も綺麗に見える場所だ。そんな丘の上には大きな老樹があり、風で揺れている木の葉の音がラナとアーネストを出迎えている。

先に馬から下りたアーネストに下ろしてもらい、彼にエスコートされながら老樹の下まで向かった。

「この木は……」

「代々、ドラグディア公爵家が守っている木だ」

近くで見上げると、その大きさがより分かる。

「かつて、竜の使徒と、その子供が共に植えた木で、この場所からドラグディア一族を見守ってくれている」

どこまでも大きく、広く延びた枝や幹の凹凸《おうとつ》、洞《うろ》、地面から盛り上がっている根。どれからも力強さが伝わってきて、それだけ長い時間、この場所にあり続けているという証明だった。

「毎年祝福の日には、ここで沈む夕日とランタンが空に昇る景色を眺めていて、その光景をラナに見せたいと思っていたんだ」

丘の上から見える景色に初めて、世界がこんなにも広いのだと感じた。遠くにある海まで見えるような、そんな広さ。

「あ、」

「どうかしたのか？」

ラナはワンピースのポケットから最後のお守りを取り出すと、アーネストに差し出した。

「その、お礼、です」

「私にも？」

「はい。アルバルト先生に、協力して、もらいました」

屋敷の皆に心から感謝している。

ラナ自身を見てくれたこと。尊重してくれたこと。配慮してくれたこと。言葉では言い表せないほど沢山のものを貰ったし、してもらった。

その中でも一番感謝していたのは、あの暗闇《くらやみ》から救い出し、光を与えてくれたアーネストだ。

例え、アーネストの竜の加護がそうさせたとしても。

「私を、あの場所から救い出して、くれたのは、アーネスト様、です。私を、公爵邸に迎え入れてくれた、のは、アーネスト様です。私を守ってくれて、信頼させてくれたのは、アーネスト様です」

何とか言葉を紡ぎ出す。言わなければ、伝えなければという想《おも》いだけがラナを突き動かしていた。

「襲われた、次の日。私の、知らないところ、で、いろんなことが、起こってるのだと、知りました。けど、それ以前から、きっと、気付いては、いたんです。けど、見て見ぬふりを、していたんだと、思います」

話していく中で、段々とうつむいていってしまう。

所々では感じてはいた。ここに来た時に言われた、『敷地内なら外へも自由に過ごしてくれて大丈夫だ』という言葉。それが全てだった。

あの時は自分のことでいっぱいで無意識の内に気付かぬふりをしていた。人の優しさや温かさに触れ、やっと、受け入れることができた、『守られている』という現実。

それはまるで、夢のような時間だった。今でも、時たま夢ではないかと思う。覚めて欲しくない夢。

それでももう、その夢から覚め、現実と向き合うべきだ。

「あの時言ったように、私も、何かしたい。その思いは、今も変わりません。けど、私には、何もない。悪い人を倒す力も、誰かを守る力も、持ってません。ただの役立たず、です」

とても心苦しかった。自分のことなのに何もできない。してはいけない。今のラナには、ただ守られているしかできない。

「だけど」

顔を上げ、アーネストを真っすぐ見つめた。

「お守りだけじゃなく、私にも、できることをしようと、思いました。開けてみて、ください」

彼の手によって、お守りの結び目が解かれ、開けられていく。

「あれから、考えたんです。私に、何ができるのかって。お守り以外に、何ができるかって」

お守りを作りながらした自問自答。自分がしたいことと、できること。相反するそれを、矛盾しかないそれを、どうすれば叶《かな》えられるのか。

公爵家に来てからやりたいことが段々と増えていった。お手伝い、学び、その他の沢山のこと。その中で初めて誰かとした『約束』であり、私だけができること。

「伝える努力を、しようって、約束しました。それが、今の私に、唯一、できることだと、思ったんです。ただ渡すんじゃ、なくて、言葉も、伝えようって」

袋に入れたのは小さな、空の色をした宝石。図鑑を見た時から決めていた。アーネストのお守りだけに込めた、幸せだけじゃない、彼を案じる祈り。

「アーネスト様には、ターコイズという宝石を、入れました。ターコイズには成功、繁栄、何より、安全という、宝石言葉が、あります。危険や邪悪なものから、持ち主を守って、くれるって、言われているんです。だから、アーネスト様を、守ってくれるとおも、」

話を続けられなかった。アーネストに抱きしめられていたからだ。

「ラナ」

「は、はい！」

「ありがとう。そして、すまなかった。ラナがそんな風に思っていたとは」

「わ、私こそ、アーネスト様に頼って、ばかりで、」

「私は、その想いだけで十分だ。それだけで私はどこまでも強くなれるから。ラナは役立たずではないよ。これほど私を喜ばせ、活力を与えてくれるのはラナ、君だけだ」

それだけで十分だと繰り返すアーネストに、今はこれでいいのかもしれないと感じた。

狙《ねら》われていると知らされてから、焦っていたのかもしれない。何もできず、ただ守られているだけ。自身の問題なのに自分で解決できない心苦しさ。彼に頼りきりという状況に無力感だけでなく、罪悪感に似たものを感じていた。

けれど、少しでも、アーネストに報いることができたと彼自身が言うのなら、今はそれで十分なのだろう。

アーネストは離れると、改めて「ありがとう」と言い、お守りを左胸のポケットに入れた。

「夕日が……」

空にあった太陽は山の向こうに沈み、辺りが闇に包まれていく。

「ラナ、帝都の方を見てくれないか?」

「あ……」

視線を向けると帝都の塀の中から、ぽつ、ぽつと橙色《だいだいいろ》の明かりが闇に浮かび上がってきて、一斉にその光が夜空へと昇っていくのが見えた。それだけではない。公爵邸からも沢山の橙色の光が空へと舞い上がる。今まで見てきた光より、その数が多いことが分かる。遠くにあるはずなのに、どこか温かく輝いて見えた。

「ラナ、これを」

景色に目を奪われていたラナに、アーネストが収納魔法による空間からある物を差し出した。

「あ、それ」

「君が作ったランタンだと聞いた」

そのランタンはラナが作った内の一つ目と二つ目だった。つたないそれをアーネストに見られたくはなかったが、まさか彼の手に渡っているとは思っていなかった。しかも、差し出されているのは二つ目で、一つ目は彼の手にしっかりとある。できれば、まだ出来のいい二つ目を彼に持って欲しかったが、差し出された手前、受け取る以外の選択肢はない。受け取る際に恥ずかしさから、うつむいてしまう。

「ラナ、ランタンを見てくれ」

今度は二つの魔石が取り出され、アーネストはその一つをラナへ手渡してくれた。

この魔石は市販のランタン専用のもので、ランタンに付けられている小皿に置くと魔石が光り、ランタンは橙色の光を放ちながら空に浮かんで行くという仕様になっている。

ラナはアーネストが小皿のくぼみに魔石を置いているのを見て、自身のランタンの小皿に魔石を置いた。

「私は、ラナが初めて作ったものをこうして飛ばせることが何よりも嬉しいんだ」

アーネストがランタンを空に放ち、彼を追いかけるように持っているランタンを空に放つ。

橙色の光が灯《とも》ったランタンは、どんどん空へと昇って行く。小さくなっていく光は、まるで寄り添うかのように二つ仲良く、広い夜空へと向かった。

ふとアーネストの方を見る。彼はとても優しい目をしてランタンを見つめていたがラナの視線に気付いたようで、優しく微笑んだ。

「〜〜〜〜〜ッ！」

「ぶわわッ」っと一気に顔に熱が集まり、ラナは急いで帝都の方へ顔を向けた。

何時も向けられていたはずなのに、今のアーネストの表情が、全く違って見えた。頬は熱く、心臓は壊れたんじゃないかと思うほどに酷《ひど》く高鳴り、アーネストに聞こえてしまうのではという焦りを覚える。

　気付けば橙色の光はだいぶん上に昇っているにもかかわらず、二つが離れることはなかった。


～＊・＊・＊～


「一体どうしたんだぞ」

　祝福の日から数日。妖精についての課題をリードに教わりながら行っていた時だ。勉強に集中できていないラナに気付いたリードに心配された。

「ごめんなさい……」

「最近のラナ様はおかしいんだぞ。何に対しても上の空っていうか……」

「……最近ね、ずっと、頭に浮かんで、くるの。何をしてても、どんなに楽しくても、頭の中でよぎって、離れないの」

「何が？」

　頭の上にいたリードは勉強机に乗り、行儀よく座る。今のリードは、はぐらかされてくれる様子は全くなく、仕方なく話すことにした。

「……アーネスト、様、が」

「ご主人がか？」

「……うん。何をしてても、アーネスト様が浮かんで、きて、一緒にやったら、楽しいだろうな、とか、アーネスト様は、どう思うのかな、とか、考えちゃって……それに、アーネスト様を見たり、一緒にいると、ほっぺたが熱くなって、きて、心臓が、走った時みたいに、速くなるの」

アーネストとランタンを飛ばしたあの時から、ふとした瞬間に彼のことを考えてしまうようになっていた。今まで過ごしてきた中でこんなことは一度もなかったし、アーネストといてもこんな気持ちにはならなかったのに。

一通り話し終えた後、リードは無慈悲にも爆弾を投下してくる。

「それって、多分――――『恋』、なんだぞ」

「え？」

若干呆《あき》れたような表情をしているリードの言葉が処理しきれず、思わず繰り返す。

「そうなんだぞ。ラナ様はご主人に恋しているんだぞ」

「こ、い……？」

こい、濃い、来い、故意と頭の中で文字を思い浮かべる。そのどれもリードが言っているものとは違うのだろう。

「〜〜〜〜〜ッ！」

言葉の意味を理解した瞬間、一気に顔が熱くなる。

アーネストの姿を見たり、声を聞くだけで嬉しくなったり、彼がいないだけで寂しく感じたり、会話するだけで今まで感じていなかった恥ずかしさを感じたり……。今までの謎《なぞ》の症状が全て、『恋』によるものだとすれば辻褄《つじつま》が合う。アーネストに恋をしているのだ。初めて、誰かに恋をしたのだと。

自覚したことで物思いに耽《ふけ》ることはなくなったが、今までよりもアーネストを意識するようになってしまい、さらに自分の気持ちを制御できなくなってしまった。

つまり、感情に翻弄《ほんろう》されるようになったのだ。

「ラナ」

「は、はい」

「最近様子がおかしいようだが、何かあったのか？」

恋を自覚した日から少し経《た》ったある日の朝食でのこと。様子がおかしいことはアーネストにも分かったようで、打ち明ける前のリードと同じように心配された。

「いえ、その、大丈夫、です……」

心配してくれているのが申し訳ない半面、嬉しくもあるが、恋をしている相手であるアーネストに「貴方《あなた》に恋をしているからです」など言えるはずがない。言葉にしていこうと約束したし、祝福の日に言葉で伝える決意もしたが、それとこれとはまた別物である。

「……そうか」

アーネストは何か言いたそうにしたが、大丈夫と言う言葉を信じてくれたようだ。こうしているだけでも心臓はうるさいほどに高鳴って全然大丈夫ではなかったが、そうとしか言えないことに罪悪感を抱いた。

その後、何かにつけてアーネストのことが頭に浮かんだり、彼と話をするとドキドキしたりといった日々が続いた。初めての感情に戸惑いながらも、振り回されずに済んだのはリードがいたからだ。何時もならアーネストに相談していたが、今回ばかりは彼には言えないため、リードに自身の気持ちを聞いてもらっていた。

「それで、ご主人に伝えるのか？」

「え？」

「ラナ様の気持ちなんだぞ。ご主人、朴念仁だから言わないと絶対分からないんだぞ」

「そ、それは……」

その日もリードに聞いてもらっていると、そう問うてきた。気になったことを聞いてきただけなのだろうけど、ラナの答えは既に決まっていた。

「ううん。伝えないよ」

ラナは恋心を自覚したその時から、アーネストに伝えるつもりは全くなかった。

「なんでなんだぞ？」

「アーネスト様は、私が、兎の加護持ちだから、私のことをこんなに、気にしてくれてるの」

図書室でお手伝いのお願いをした時、アーネストの『竜として』という言葉を思い出す。彼がラナに対して向けているのは保護欲や庇護欲であり、恋愛的なものではない。まるで、親が子を、兄が妹を気にかけるようなそんな感じであると。彼に流れる竜の血と加護がラナへの好感度を高めているだけで、守る者と守られる者という絶対的な境界線が明確に引かれている。決して超えることのできない一線が。

この想いが叶わないというのは悲しかったが、兎と竜の関係性について教わっていたおかげで、悲しさよりも当然のことのように思えたのは良かった。

「だから、アーネスト様に、言うつもりは、ないよ」

アーネストは由緒正しいドラグディア公爵家当主で帝国騎士団長でもある。そんな人と、落ちぶれた伯爵家出身で令嬢としての教育もされていない、令嬢と言えるかも分からない身など釣り合うわけがない。想いを告げてしまえば、今の関係が壊れてしまうだけでなく、彼にとって迷惑以外の何物でもない。決して、悟られてはいけないと考えていた。

リードは不満げにしながらも、「ラナ様が決めたことなら」とその先は何も言わなかった。その配慮にただ一言、「ありがとう」と言った。

そんなある日の夕食の時。ラナはアーネストに『夕食後に執務室へ来て欲しい』と言われた。

彼の表情はあまりにも真剣で、ただ事ではない。

夕食を摂《と》り終え、一旦部屋に戻り、何時ものようにリードを頭に乗せて執務室へ向かった。執務室へ到着して扉を叩くと、セドリックが扉を開けてくれて、中にあるソファへ案内してくれた。頭上にいたリードは長机へと移動し、向かい側にアーネストが座る。

「突然呼び出してすまないな」

「いえ……どうか、したんですか？」

真剣な表情のアーネストがセドリックから受け取った一枚の紙をラナの前に差し出す。

「これ、は」

「裁判への出席命令書だ。ラナに、裁判へ出席するよう皇帝陛下から命が下ったんだ」

宛名は「ラナ・ミーシェ」となっており、手紙には裁判の日時と場所と、出席するようにという旨が書かれている。

「ミーシェ伯爵家でのラナに対する虐待、及び人身売買。さらに此度《こたび》の襲撃などについての……ラナ、君の憂いを晴らすための裁判だ」

公爵家に来てから穏やかな日々を過ごしていたが、まだミーシェ伯爵家についての問題は終わっていない。それに、アーネストは伯爵家でのことだけでなく、ラナの身に起こった全てに片を付ける気でいるのだ。

全てを終わらせることができるというのに、彼の表情は晴れない。

「ただ、この裁判は通常とは異なるものなんだ」

「通常、とは？」

「ああ。普通の裁判では何らかの容疑で捕らえられた者に対し、罪はあるのか、どのような罪状かなどを判断しているんだが、今回行われるのは『審議裁判』だ」

「審議、裁判……」

ラナの知識にある裁判はアーネストが話したようなもので、審議裁判の名前自体、聞いたことのないものだった。

「審議裁判は貴族間のみで行われるものです。一方が断罪したい相手を指名し、物的証拠をもってその証拠を審議、判決を行う形となっております。帝国が君主制度である以上仕方のないことですが、貴族は上下の序列に厳しく、下の者は上の者に従うしかありません。下の者が訴えたとしても上の者は簡単にもみ消すことができてしまいます」

それは、勉強の中で学んだこと。本来なら下の者を上の者が守るという考えの下に浸透している文化であるが、悪用されているのも事実だ。

「それを防ぐために作られたのが審議裁判で、貴族でも、セドリックが話した役割と申請方法、名前だけが知らされていて、審議とは名ばかりの有罪確定裁判。そのため、皇帝陛下主導で行われ、様々な審査が必要だ」

セドリックが話した役割であるなら今のラナに当てはまっており、とても有用だろう。

「この裁判において関係者は身体的、精神的問題以外は出席が義務付けられているから、ラナも出席しなければならないんだ。ただ、法廷にはミーシェ伯爵夫妻が出席するだろう」

アーネストから告げられた言葉に、過去のものとなろうとしていた記憶が鮮明に思い出された。叔父家族、特に叔母はラナにとって恐怖の対象だ。それは今でも変わらず、会うことを想像すると体の震えが収まらない。

「ラナ」

目の前に座っていたはずのアーネストに優しく抱きしめられ、頭を撫でられていた。

「大丈夫だ。ラナには私やリード、セドリック、それに使用人たちもいるから」

その声は、まるで毛布で優しく包み込まれているような安心感を与えてくれた。顔を上げると、そこには微笑むアーネストがいて、こちらを心配そうに見つめるリードとセドリックの姿。彼らを見ていると、屋敷に来てからのことを思い返す。

ここに来るまで、暴力と暴言ばかりの小さな箱庭の中で、灰色の世界を生きてきた。そんな場所から助け出されて公爵邸に来たことで、灰色しかなかった世界は少しずつ色づいていった。ここの人たちはラナに優しさや温かさ、置かれていた環境の異常さやここにいる意味など様々なことを教えてくれて、与えてくれた。そして、忘れていた感謝する心を思い出させてくれた。

もう、一人ではない。大切にしたいと思える人ができた。心は決まった。アーネストや屋敷の人たちが与えてくれた優しさや温かさに報いたい。これが、答えだ。

「私、出席します」

アーネストの瞳を真っすぐに見つめ、己の決意を伝える。アーネストは少し目を丸くして驚いたが、すぐに優しく微笑んだ。

「ありがとう、ラナ」


決意を固めた日から、約一週間が経った。決心は日が経つに連れ、薄れていくどころかさらに固く、強くなっていく。毎日顔を合わすアーネストやリード、セドリックに使用人たちを見るたびに、報いたいという想いだけではなく、やっと、前に進むことができるのだという実感が湧《わ》いてくる。しかし、どうしても恐怖というものは出てくるもの。そんな中、大切な人たちが支えてくれているという事実だけで、何倍にも強くなれるような気がしたのだ。

そして、裁判前日の夜。リードは既に眠りについており、穏やかな寝息が聞こえる。ラナもベッドの中にいるものの、明日《あす》のことを考えて眠れずにいた。恐怖は、まだある。一体どうなるのか想像すらできないが、不思議と不安はなかった。もう一人ぼっちではないから。大切な人たちができたから。アーネストたちのことを想うだけで、勇気が出てくる。

「あ、月が……」

ふと窓の外を見ると、そこには小望月が夜を照らしている。何時も見る月が小さく思えるほど大きく輝くそれは、ラナを励ましてくれているようにも見えた。月を見ていた所為《せい》か、段々と眠たくなり、目を閉じる。明日には満月になる月を思いながら、夢の中へと落ちていった。

【第五章　裁判と真実と……】

　裁判当日。ラナはアーネスト、リード、セドリックと共に十二使徒を遣わしたとされる神が祀《まつ》られている、帝国で一番大きな教会へ向かった。裁判は公平さを示すために神前で行われるのが習わしで、教会の中に裁判所が設けられている。

「おーい！」

　到着すると、教会の階段前でライゼルドが手を大きく振りながら、こちらへ声をかけてきた。初めて会った時の騎士服ではなく、アーネストと同じ、貴族の正装姿だ。

「お前にしては早いな」

「おいおい、親友に向かってそれはないだろ。ラナの一大事でお前の見せ場だしな。当然！」

「はぁ……。ラナ、今回私は原告人代理として証言するから、もしラナの気分が悪くなった時、共に退出できない。そのため、ライゼルドにはラナの付添人として付いてもらうことになった。セドリックも適任だが、ライゼルドの方が強いからな」

　審議裁判は特殊な裁判のため、本来ならば許されている傍聴は禁止となっているが、十二神獣家当主の代理や関係者の代理、身体が不自由な者や裁判が精神的負荷となると判断された者の付き添いとしてなら参加が可能となっている。それが原告人、被告人であってもだ。

「そういえば、ブレイド公はどうした。審議裁判は十二神獣家各当主が観察者として出席することになっているだろう。虎の加護持ちで誰よりも体が丈夫なあの人が欠席などそうないだろうし、後から来られるのか？」

ライゼルドは「あ～」と声を漏らしながら頬《ほお》を掻《か》き、苦笑した。

「実はよぉ。親父の奴《やつ》、一昨日に『模様替えだぁ』って言って庭の木を引っこ抜いた際にギックリ腰になっちまったんだよ。で、全治二週間でベッドの住人。俺《おれ》は代理ができねーから、俺の叔父貴が参加するってよ。いくら虎の加護持ちだからって過信し過ぎだっつーの」

「……はぁ。どうしてお前たち虎はそうなんだ……」

「ん？　何か言ったか？」

「いや、なんでもない」

アーネストが呆《あき》れ果てている中、ライゼルドは全く気にした様子はなかった。

「仲、いいですね」

「お二人は旧友でいらっしゃいますから。さて、わたくしとリード殿は馬車の中でお待ちすることと致しましょう」

「ラナ様、頑張ってくるんだぞ！」

「うん、ありがとう」

「それでは旦那様《だんな》」

「ああ、頼んだ」

話しもそこそこに一行は教会内へ進み、手続きを済ませるとすぐに法廷へと案内された。教会の中は質素だが、控えめな神聖さがある。

案内人である神官について行くと、次第に建物の装いが変わり、神聖さの代わりに厳格さがある建物となった。

「こちらで御座います」

一番奥の突き当たりにある他《ほか》の扉とは違った一際大きな扉の前には二人の兵がおり、神官は兵たちに何かを見せると兵の一人が丸い少し大きめのガラス玉を持ってきた。

「では、こちらで魔力の計測をお願い致します」

ガラス玉がアーネストの前に差し出され、彼がそれに触れるとガラス玉が光を放つ。

「あれは、魔力計測器っつって魔力を持っているかどうかを測るもんだ。まぁ、種類にもよるがガラス玉を触って、魔力を持ってたらアーネストみたいに光るし、持ってなかったら光らない。で、魔力がある奴はアーネストが貰《もら》ってる、魔法を使えなくするための魔封じの腕輪を着けなきゃなんねぇ。突然暴れ出しても問題ないようにっていう保険だな。昔は自己申告だったが、虚偽がないようにってことだ」

思い出すのは侵入者が持っていた球体。あれはこれの別の種類だったようだ。

ちょうど説明が終わったところで、ライゼルドの前にもガラス玉が差し出され、触れるとアーネストの時と同じようにガラス玉が光り、腕輪を貰って着けている。

最後にラナの前にも差し出され、触れてみる。つるつるでひんやりしていて少し気持ちがいい。触れて数秒待ってみても、魔力計測器が光を放つことはなかった。

「光らない」

「ラナはまだ発現前だからな。気にしなくていい」

使えないだけで、少しくらいはあるのではと期待していたため残念だったが、腕輪は見ていても重そうで、着けなくていいことに何とも言えない感じがした。

「次に、身体検査をお願い致します」

「しんたい、けんさ」

一人別室で知らない人に触れられることに不安になったラナに気づいたアーネストがラナの肩に手を置いた。

「検査時は私もいるから、何かあればすぐに守ろう」

それならと安心し、女性の神官によって検査され、問題なく通過することができた。

「それではお通りください」

大きな扉が二人の兵士によって開かれる。中は新聞の挿絵で見たコンサートホールの縮小版のようになっていて、中央に証言台、奥に二段くらい高くなった長い机と、その間にガラス玉が置かれた台座がある。その両側は足が見えなくなる箱型の長机と椅子《いす》、二階席という作りになっていた。

向かって左側の席に案内され、ラナを真ん中にして座る。既に人が来ていたようで、向かいの二階席には人の姿が見える。見たことのない人たちばかりだが、おそらく十二神獣家の当主、もしくはその代理だろう。

すると、さっき入ってきた扉が開かれ、新たに三人が入ってくる。その内の二人はラナにとっての恐怖の象徴。

「あ……」

叔父と叔母、そして知らない男性がラナたちとは反対側の、長机の席に着いた。

「一番最後に入ってきたのが、ガイラーグ侯爵家当主のジェラルド・ガイラーグっつって、今回の黒幕だ」

黒幕だと言われたガイラーグ侯爵は少し白髪交じりの黒髪でオールバックに茶色の瞳。歳《とし》は五十代ぐらいだろうか。長い焦げ茶色の外套《がいとう》を身に着け、モノクルを着用しており、少し強面《こわもて》な印象だった。侯爵を見ていると、叔父がこちらに気付き、驚きに目を見開いたかと思うと、睨《にら》みつけてくる。

「――――ッ」

睨まれた瞬間、酷《ひど》い恐怖感がラナを襲った。うつむき、体を震わせ、爪《つめ》が食い込むほど手を握り込む。すると、大きくて温かい、アーネストの手が強く握り込む手に重ねられる。

「アーネスト、様」

アーネストの方を見ながら小さくか細い声で呼んだが、彼は叔父の方を静かな怒りで満ちた表情でじっと見つめていた。

「静粛に！」

ザワザワとしていた法廷に澄んだ声が響き渡り、空気が張り詰める。いつの間にか裁判員席に人が座っており、すぐ横にある司会台にはリンセントが立っていた。

「開廷する前に役を提示する。取り仕切りは宰相であるリンセント・ファーマス・ヨルムンガードが行い、最終判決はライオネル・ファージ・ネオ・ヴォラティアス皇帝陛下が行うものとする」

いつの間にいたのか分からないが、裁判員席に座っているのが皇帝なのだろう。橙《だいだい》色《いろ》と黄色が混じった髪色で、毛先に行くに連れて白くなっている、そんな不思議な色。瞳はクリーム色だけど、瞳の中心には赤色がある。垂れ目に泣き黒子で、全体的に物腰の柔らかそうな人だと感じた。大変特徴的な人物であるが、それ以上に驚いたのは、その外見年齢だ。現皇帝は即位してから二十年ほど経《た》っている。そのため、五十代のはずだが全くそうは見えず、三十代と言われても信じてしまう容姿だ。

「また、本裁判は審議裁判であるため、十二神獣家当主及び、その代理によって観察されるものとする。そして、今回の裁判では被害者のラナ・ミーシェが未成年のため、現保護者及び、後見人であるアーネスト・カインフォレスト・ドラグディアが原告人代理として行うものとする。これに意義のある者はいるか」

　リンセントの問いかけに法廷が静まり、数秒の沈黙が流れる。

「意義がないものとし、これより、審議裁判を開廷する！」

　ついに裁判が始まった。

「原告人より挙げられた罪状を読み上げる。ミーシェ伯爵夫妻はラナ嬢に対する虐待と身分詐称。ミーシェ伯爵にはラナ嬢の死亡報告の虚偽申告、人身売買。ガイラーグ侯爵は役所の総室長時代に行った書類改ざんとされているが、これは事実か」

「はい、事実です」

　アーネストが間髪容《い》れず言うと、ガイラーグ侯爵とミーシェ伯爵夫妻が反論する。

「何を言い出すかと思えば、そんな有りもしないことをよくも」

「事実無根です！　私はそんなことはやっていない！」

「そうです！　デタラメです！」

　ガイラーグ侯爵は非常に落ち着いているが、ミーシェ伯爵夫妻は明らかに動揺し、声が大きい。散々浴びせられた金切声が思い出されて身構えてしまうが、ここが法廷で、両隣には頼りになる人がいることを思い出し、何とか持ちこたえた。

「ガイラーグ侯爵とミーシェ伯爵に面識はないと」

「ああ。流石《さすが》に貴族だから名前は知っているが、特に交流などはないな」

「侯爵殿は私たちにとって雲の上のような人ですから、面識など……」

「分かりました。陛下、次に進んでもよろしいでしょうか」

リンセントがライオネルにそう聞くと、今まで笑顔のまま口を閉ざしていたライオネルが机に肘《ひじ》をつき、両手を軽く組む。

「両者、その証言に、嘘《うそ》偽りはないな？」

短い言葉だった。しかし、その中にはなぜか逆らえないものがあり、威圧されているように感じて窮屈さを覚える。

「はい。神に誓って御座いません」

アーネストはライオネルの方へ向くと、淀《よど》みなく答えた。ガイラーグ侯爵は少し青ざめながらも嘘偽りないことを、ミーシェ伯爵夫妻は顔を真《ま》っ青《さお》にしながらも嘘がないことを誓う。

「そうか。もういいよ」

途端に威圧感がなくなり、ふうと息を吐く。

「大丈夫か？」

ライゼルドが心配そうに覗《のぞ》き込んできた。ラナは大丈夫という意味を込めて、コクリと一つ頷く。

「あれは皇帝陛下だけが使える、威圧っていう能力だ。まさかここで使うとは思わなかったが、加護持ちには効きにくいとはいえ、辛《つら》かっただろう」

「いえ、大丈夫です」

こんなことで挫《くじ》けてなどいられないと奮い立たせる。ここまで来て後に退くわけにはいかなかった。全《すべ》てを見届けなければ、これ以上前に進むことなどできない。

「では、ドラグディア公爵。挙げられた罪状に対し、その証拠とするものを提示せよ」

アーネストはその場に立ち、「分かりました」と告げた。

「まず、証拠①である、アルバルト・フォード医師のラナ嬢に関する診断書だ」

最初に挙げられたのは虐待疑惑についてだった。台座に置かれたガラス玉が光り出し、空中にアルバルトによる診断書が投影され、当時の身体的外傷や体重、身長など、健康面や食事面での異常が挙げられていく。

その中にはまるでそこにあるかのような、切り取ってきたみたいな腕や足などの絵も映し出されている。

「あれは魔道撮影機。数年前に開発された景色や物、人とかをそのまま切り取ったみたいに映すことができる機械なんだ。元は色付きじゃなかったが、今はああやって、色がついているものも開発された。で、映し出されたものを写影品って言うんだ」

ライゼルドの説明を聞きながら魔道撮影機で映し取られた自身の腕や足などを見た。今の自分の腕と比べると、どれだけ写影品の中のラナが不健康で、やせ細っていたのかが分かる。

不健康な腕には火傷《やけど》の跡もはっきりと映っており、思わず火傷があった部分を腕で擦る。もう、そこには火傷の跡などなく、綺麗《きれい》な肌がある。ラナは過去の自分と対面しているかのような感覚になった。

「私たちはそんなことしていない！　きっと誘拐された先でやられたんだ！」

「静粛に！」

大きな叫び声によって、現実に引き戻される。声の発生源を見ると、叔父が立ち上がっており、その顔は怒りで歪《ゆが》んでいる。

怒るのはもっぱら叔母で、叔父は無視するか、まるで嫌なものを見るような表情しかされなかった。叔父の怒りの表情になぜだか恐怖は抱かず、その代わり、とても醜いと感じた。

「続いて、証拠②である、現ミーシェ伯爵当主からの使用人たちから得た、虐待に関する証言をまとめた書類だ」

調書が一つ一つ、丁寧に投影されていく。名前の欄は黒く塗り潰されて、誰《だれ》のものかは分からなかったが、四十七名分全てに虐待があったという証言が書かれている。その数に覚えがあり、思わず小さく呟《つぶや》いた。

「全員、です」

「何がだ？」

「使用人さんたち、全員、です」

使用人たちの名前は覚えていない。薄情だとラナ自身でも思うが、入れ替わりが激しく、覚えている余裕も暇もなかったのだ。それでも、忘れていないこともある。それが、叔父の代からの使用人たちの人数で、四十七という数字だ。

泣きそうになった。きっと、証言するのを悩んだだろう。勤めてくれていた使用人は全員平民で、少しでも家族を裕福にしたいと思っている、心優しい人たちばかりだった。

そんな彼らだからこそ、守らなければならない人がいる。伯爵家内部で起きたことを言ってしまえば、どこで漏れたのか調べられ、危険に晒《さら》される。

それらの調書は、危険に身を投げ打ってくれた証《あかし》。ラナは目頭が熱くなり、泣くのをこらえるために唇を噛《か》み締めた。

「宰相殿、証拠③を提示したいのですが、音声再生魔道具の使用許可を」

「許可する」

「ありがとう御座います。この音声再生魔道具には、とある使用人の証言が記録されている。ラナ嬢のためならばと、実名と共に証言してくれた」

アーネストは兵がトレーに載せて持ってきた砂時計の形をした音声再生魔道具を受け取り、それを逆さまにすると、砂が落ちると同時に音声が流れ出した。

『それでは、お名前の方を』

『ミランダ・セシーラです』

「ミラン、ダ？」

声の主は守れなくて申し訳ないと泣いて謝り、できる限り守ろうとしてくれて、最後には自分をかばって怪我《けが》を負い、辞めさせられてしまった。よく、異国の故郷の話や身の上話を面白おかしくして語ってくれた侍女だ。

肉音で証言される実名での証言はあまりに危険なもの。ミランダ自身の身を滅ぼしかねないものだ。それでも、実名を出してでも、ラナを救おうとしてくれている。

話す内に段々と涙声になっていくミランダに、胸を締め付けられるような思いだった。まさか、ここまでラナのことを案じてくれているなんて思っていなかった。もう、限界だった。ポロポロと涙が溢《あふ》れ出し、目の前が滲《にじ》んでいく。

『お願いします！　私はどうなっても構いません！　ですからどうか、どうかラナ様を！』

『分かりました。貴女《あなた》の証言は法廷できちんと証拠として提示させて頂きます』

そこで音声は途切れ、辺りは静まり返った。最後のミランダの声は、懇願へと変わっており、それはかつて、ラナを守ろうとして守れず後悔し続ける一人の女の必死の証言に他ならなかった。涙を止めようと必死に拭《ぬぐ》うが、拭っても、拭っても、涙は止まらない。

「こんなものデタラメだ！　どうせ金に物を言わせて仕立て上げたのだろう!?」

この録音に納得できない叔父の声には焦りが含まれている。この叫びを聞いて、どうしてそんなことを言えるのかラナには分からなかった。

「静粛に!! この録音にドラグディア公爵は関わっていない。証拠能力をなくさないため、公爵が皇帝陛下に直訴し、皇帝陛下が厳選した裁判長によって行われたもので、その場には多くの裁判員も同席している」

「録音については結構前からこの手法が取られてるんだけど、知らないなんておかしいね?」

リンセントに続き、ライオネルからの言葉で叔父は大人《おとな》しく席に座るしかなかった。

さらに証言は続いていく。今度は人身売買についてだ。

「最初に、証拠④の騎士団で作成された資料を。これは私率いる騎士団が約二ヶ月前に人身売買及び闇《やみ》オークション組織を検挙した際の報告書だ」

冷たい地下牢《ろう》で過ごしていた頃《ころ》には感じることはなかったが、冷静に当時について考えられるようになった今では、売られるまでの唯一の安息時間だったように思う。毎日こき使われることはないし、牢の中で大人しくしていれば暴力を振るわれることもない。何もしなくても、少ないけど食事も出てくる。けれど、それは決していい環境というわけではない。伯爵家にいた頃にはあった少しの自由さえも奪われていたのだから。

結果として売られることなく、アーネストによって助け出されたわけだが、オークション二日目の夜は自分の生に対してすら諦《あきら》めていたように思う。

「ミーシェ伯爵、これについては？」

リンセントが問うと、叔父は先ほどのことなどなかったかのように意気揚々と語り始めた。

「ラナは八ヶ月ぐらい前に誘拐され、行方《ゆくえ》不明だったんです。どこを探しても見当たらず、私たちもほとほと困り果てていまして……」

ラナは叔父のことが信じられなかった。あくまで誘拐されて、人身売買に関わっていないとしたいことがありありと伝わってくる。この人はここまで堕《お》ちているのかと今ならばはっきりと分かった。この叔父の姿こそが、悪人の姿なのだと。罪悪感なんて微塵《みじん》もない。ラナがどれだけ怖い思いをしたのか、諦めたのか、この人は知らない。知ろうともしない。こんな人に今まで虐げられていたのかと思うと、怒りや憎しみよりもどうしようもなく悲しくなった。

「では、これはなんだ」

空中に投影されたのは二枚の紙。一枚目は「売買契約書」と書かれた紙で、二枚目はさっき見た調書と同じ紙に書かれており、闇オークション組織のボスの証言が綴《つづ》られたもの。

売買契約書にははっきりと叔父の名前が記入されており、調書にはミーシェ伯爵と取引をし、ラナ・ミーシェを買い取ったと明確に書かれている。けれど、人間と言えど犯罪者の調書が通るとは思えなかった。それは叔父も考えていたようで、「そんな犯罪者の言うことを信じるのか！」と声高々に反論している。

それを否定するかのように、新たな証拠が投影された。それは、組織の被害者による証言。

組織内で叔父を見た人が何人かいたようで、叔父の証言の矛盾が明らかになる。

「売買契約書には約三ヶ月前の日付が記載されている。先ほど、貴殿は約八ヶ月前にラナ嬢が誘拐されたと言ったな。ではなぜ、契約書は三ヶ月前の日付になっている？　八ヶ月前に誘拐されていたのならば、その間の五ヶ月間、ラナ嬢は一体どこにいた」

アーネストの疑問に叔父は口を閉ざして話さない。物的証拠がある以上、下手《へた》に言い訳などできはしない。

さらにアーネストは叔父を追い詰めていく。闇オークションの仕組みとして、購入した商品は一番近いオークションの日に出品され、決して残されることはないそうで、八ヶ月前に誘拐されているのなら、既に売られているという状況になる。

「何より、ラナ嬢の捜索願は提出されていないッ」

今まで事実を淡々と告げていただけだったアーネストの口調に怒りが混じる。アーネストの圧に負け、叔父は何も言おうとしない。いや、言えないのだ。

「続いて、ガイラーグ侯爵とミーシェ伯爵両名に関する書類改ざんについて証拠⑤を提示する」

新たに投影された資料はラナ・ミーシェの死亡届だった。

「これって、私の……」

「ああ。ラナは既に死んでいることになっていたんだ」

目の前に映し出された資料と、ライゼルドの言葉に頭の中が真っ白になる。ラナは今、生きている。確かに両親の葬儀には心的な衝撃が余りにも強く、出席できなかった。死んだことにされたのはその時だろう。両親が亡くなったのは十年前の九月二十一日で、死亡届にも同じ日にちが書かれている。死亡者の欄にはラナの名前が書かれており、受領印もしっかりと捺印《なついん》され、無事に受理されていることが示されていた。

「そんな……」

どういうことなのか、分からなかった。いや、分かりたくなかった。分かってしまえば、深い深い、深淵を覗くようで、頭が理解することを拒んでいた。

けれど、それが事実だと、真実だというのなら、目を背けるわけにはいかない。震える体を押さえつけ、大丈夫、大丈夫、と自分に言い聞かせていると、ポンと、頭と肩に軽い衝撃があった。その方向を見ると、頭はアーネストで、肩はライゼルドの手だった。二人は何も言わなかった。アーネストはじっと、前だけを見据えているのに対し、ライゼルドはニカッと笑った。いつの間にか体の震えは収まっている。もう、大丈夫。何があっても、絶対に大丈夫なのだと、そう思えた。

両親が事故死したことしか知らされていなかったため、この時初めて、十年前のあの日に何があったのかを知った。父のディラン・ミーシェと母のイザベラータ・R・ミーシェは、嵐《あらし》によって馬が暴走し、橋から転落。馬車は大破し、両親と御者は無残な状態で発見されたのだと

いう。

「先代ミーシェ伯爵親子の葬儀は、よく覚えている」

三人の遺体は損傷が激しく、特にラナの遺体は顔が分からないほどの状態で発見された。葬儀の際には顔の状態が分からないようにと白い布が被《かぶ》せられていたとアーネストが話す。

それを聞きながら、ラナは段々と思い出していた。あの十年前の嵐の日のことを。

嵐の日の前日、竜と虎の使徒様の絵本を母に強請《ねだ》ったが、「ラナのお祖父《じい》様のところに行くから」と言われ、寝かしつけられた。本来なら、ラナも馬車に乗っていたはずだったところ、当日になって無性に行きたくないと泣いて我儘《わがまま》を言ったのだ。困り果てた両親は結局、二人だけで出かけた。ラナが見た父と母の最期の姿は、二人の後ろ姿だ。二人は笑顔だったのに、その背は何か、決意を固めた人のようだと今になって思う。

埃《ほこり》を被っていた記憶が蘇《よみがえ》る。記憶の中の両親は何時も笑顔に溢れ、大きな背中はすっと一本筋が通り、余裕を持っていた。あんな、肩が張っている姿は初めてだった。

なぜ、あんな背をしていたのかは分からない。分からないが、今思うと、あの時のラナは何かを察知していたのかもしれないと考えた。

次の瞬間、胸を占めたのは言いようもない後悔の波。どうしてあの時、違う日にするように言わなかったのか。どうして「行きたくない」ではなく、「行っちゃ駄目」と引き止めなかったのか。まだ七歳だったとしてもできたはずだ。やりようは、いくらでもあったはずなのだ。

考えれば考えるほどに胸が締め付けられ、苦しくなる。

「しかし、今ここに、死亡したとされているはずのラナ・ミーシェが生きている。加護持ちが分かり、嘘を吐《つ》くことができない妖精《ようせい》にもラナ嬢が兎《うさぎ》の加護持ちであること、右の二の腕に兎の使徒の紋章があることも確認済みだ」

そっと服の上から紋章に触れる。紋章は既にリードに見られているし、裁判に参加すると決めた次の日にはアーネストだけではなく、皇帝陛下の使者にも確認されていた。結果、本物であることが証明されている。

「ここで、証拠⑥と⑦を提示する」

投影されたのは手紙と改ざんされたという書類の一部。手紙はガイラーグ侯爵が役所の室長時代の秘書が密《ひそ》かに遠方の家族へと送ったものだそうだ。手紙には侯爵が行ってきた数々の不正、それに加担してしまったことへの懺悔《ざんげ》が綴られていた。秘書は十年前に何者かに殺害されてしまっていたが、秘書が亡くなる直前に遺書と共に物的証拠となる書類の多くを、密かに家族に向けて送られていたことが判明したのだという。

「これらを筆跡鑑定へまわしたところ、ガイラーグ侯爵、貴殿の筆跡と一致した」

「バカバカしい！」

今まで口を閉じて大人しく聞いていた侯爵は、見下す視線をアーネストに送っている。その様子は心底呆れている様子だ。

「ドラグディア公爵、君がそこまで愚かだったとは思わなかったな。私は無実だ。何より、筆跡鑑定の精度の低さは君も知っていると思っていたが」

侯爵曰《いわ》く、筆跡鑑定の装置はおおよその形から割り出すもの。少し真似《まね》るだけでも同じ筆跡と出る確率が高く、正当性が低い。あくまで一参考として扱われるだけで、証拠能力はないに等しいという。侯爵の意見が本当ならば、アーネストの提示したもの、特に改ざんされた書類に関しては証拠能力がないということになる。

正直な話、ラナは未《いま》だに侯爵がこの場にいる理由が分からなかった。死亡報告の虚偽と侯爵が繋《つな》がっているところが見えなかったから。

「アーネスト様……」

不安になり、アーネストの袖《そで》を少し掴《つか》む。アーネストは振り向くことはなかったが、小さく「大丈夫だ」と告げてきた。

「それはどうだろうか」

「何？」

「宰相、ここで証言者①を入廷させたいのですが、よろしいでしょうか」

アーネストの言葉を受け、リンセントがライオネルに許可を求めると、ライオネルはそれを許可した。

「では、証言者①をここへ」

開かれた扉から、頭の両側に羊《ひつじ》の角が生えているクリーム色のふわふわな雲のような髪をした白衣を着ている女性が入って来た。彼女は迷いのない足取りで証言台に立つ。

「証言者①、宣誓を」

「はぁ〜い。私、メアーリナ・シージェ・ウルシュタインは〜、神に虚偽を行わず、真実のみを話すことを誓いま〜す」

聞いているだけでふわふわするような、夢の中に入っていきそうな優しく穏やかな声だ。

「では、証言を」

「はい。ウルシュタイン公爵、今回行った筆跡鑑定について話して頂きたい」

「分かったわ〜。今回行った筆跡鑑定は皇帝陛下主導で行われ、私とそこにいる宰相が共同開発したものを使用しているわ〜。名前は高性能筆跡鑑定魔道具。実験対象者は王宮で働いている人全員と、各公爵家の関係者。そして、最も筆跡を似せることに長《た》けている手紙代行業者の計千人よ。結果、全ての筆跡を一致させることに成功したわ〜。この精度の高さが評価され、つい先日、認可が下りたのよ〜」

メアーリナからもたらされた証言は衝撃的なもので、侯爵は驚きに目を丸くして顔色が悪くなっている。

「この筆跡鑑定はミーシェ伯爵、貴方《あなた》の売買契約書のサインも行われている。証言者①へ私からの質問は以上です」

「では被告人、ウルシュタイン公爵への質問は」

リンセントの問いかけにミーシェ伯爵はもちろん、ガイラーグ侯爵も何一つ言葉が出ないようだった。下手をすれば二つの公爵家と皇帝陛下をも敵に回す可能性が高く、気軽な質問もできない。

メアーリナは去る際、ラナに顔を向けると、パチンと一つ、ウィンクをしてきた。それだけで、彼女もアーネストの協力者の一人で、陰ながら助けてくれていたと理解する。

「話を続ける。秘書以外にも関係者家族と接触することに成功し、改ざんに関わる証言を得ている。さらに証拠⑦の中にある一枚の書類を」

複数の書類が投影されていたが、その中の一枚が拡大される。それは一人の女の子の死亡届だった。

女の子の名前はフェリル・トーチ。十年前に七歳で亡くなっていると死亡届には書かれていた。死因は事故による溺死《できし》。死亡日時は九月二十二日となっている。どこもおかしいところなど見当たらない。ラナの死亡届と内容は違うが同じもので、受領印が捺印され、受理されている。

「改ざんされていたのはフェルリ嬢の死亡した日付だ」

「ただの日付だろう。それがどうした」

「ガイラーグ侯爵。貴殿の言う通り、ただの日付でしかないだろう。しかし、人一人が亡くなったことを示す大事な部分だ。そして、ただ改ざんされただけではない。証拠⑧にトーチ夫妻のフェリル嬢が亡くなった日についての証言がある」

再生された音声には使者の人とは別に、男女の声が入っていた。この二人がフェリルの両親なのだろう。

会話の内容は、フェリルが何時《いつ》亡くなったのかを問うもので、彼女が亡くなったのは十年前の九月十八日だった。自分たちの娘の命日を忘れたりなどしない。まだ幼かったラナでさえ、両親が亡くなった日にちを覚えている。絶対に忘れたりしないし、ましてや書き間違えなどするわけがない。筆跡鑑定でも日付の部分だけ筆跡が違ったそうだ。その筆跡は、侯爵のものであると確認されたという。

「私はフェルリ嬢の死亡日が改ざんされていたことに疑問を抱いた。そこでトーチ夫妻協力の下、フェルリ嬢の墓を掘り起こし、遺体を確認した」

法廷に動揺が走る。まさか確認するためだけにそこまでするなんて思っていなかった。ラナを含めた法廷の全員が驚く中、アーネストを始め、ライオネル、リンセント、そしてライゼルドは動揺していない。

墓荒らしは宗教的にも道徳的にも許されざる行為だが、今回は特別に皇帝陛下、宰相、教会、そして何よりトーチ夫妻の許可を得たうえで行われたらしい。おそらく確信があってやったに違いないのだろうが、一歩間違えればアーネストも危うくなる。どういった意味があってこんなことをしているのかは分からないが、多くのことを考えて精査し、アーネストが必要であると判断した結果だ。それも『ラナを守る』という、ただそれだけのために危い橋を渡ったのだろう。今の彼は帝国騎士団団長としてより、竜の加護持ちとして兎を守ろうとしているようにしか見えなかった。どこまでも自身を犠牲にしそうな、何時かラナの目の前で消えてしまいそうな感覚がして、初めて竜の本能が怖いと思った。

「埋葬してある棺《ひつぎ》の中を確認した結果、あるはずのものがなかった」

棺の中にあるはずのものがない。それだけで今まで集めた欠片《かけら》がほぼ揃《そろ》うかのような感じがした。

「そ、それって、」

「ラナの想像通りだ」

ラナが零《こぼ》した小さい声をライゼルドが拾う。

「『フェルリ嬢の遺体がなかった』」

アーネストの宣言する声と、ライゼルドの小さく教えてくれる声が重なった。ここで上がる問題として、フェリルの遺体が何処《どこ》に行ったのかということになるのだが、そこにガイラーグ侯爵が待ったをかける。

「宰相殿、ドラグディア公爵殿の言っていることは本筋と離れて行っているように思うのだが。今は隣にいるミーシェ伯爵と私の書類改ざんについてだ。推理ごっこは今ここでするべき話ではないと考えるがいかがか？」

話を遮るようにされた発言は的を射ている。だが、遺体がなかったというところから、あと一つで十年前の真実が目の前まで迫っているような不思議な感覚があるのも確かだった。

「宰相、この話は本件に非常に繋がりが深いものです。最後までお聞き願いたい」

ガイラーグ侯爵の言葉にアーネストが反論する。彼は全てを、十年前の真実を知っているのだろう。当事者であるラナですら知らない、深淵のその先を。

「いかがいたしますか」

「そうだね……」

ライオネルは顎《あご》に手を当てて「うーん」と悩む様子を見せたが、少しわざとらしさが垣間見える。おそらく、ライオネルも知るところなのだろう。

「侯爵の意見ももっともだけど……ドラグディア公爵」

「はい」

「その話は本当に、必要なものなんだね？」

リンセントが罪状を読み上げた時のような圧がアーネストの方へ向く。

「はい」

アーネストは気にした様子はなく、即座に答えた。

「この話はラナ嬢の死亡届の偽装に繋がっていきますので」

「そっか……どう繋がってくるのかは分からないけど、聞いてみて、それでも外れるようだったら止めよっか」

「ありがとう御座います」

「侯爵もそれで構わないかい？」

「……分かりました」

アーネストは平然とした様子で立っているのに対し、侯爵は苦汁を舐《な》めたかのような表情で席に着いた。アーネストと侯爵の両名に配慮したライオネルの決定に否は言えない。

「フェルリ嬢が入っているはずの棺を前にし、新たな疑問が浮上した。ラナ嬢だ」

多くの視線がラナに向き、居心地の悪さを感じた。その中には叔父夫婦のものもあり、最初と変わらずこちらを睨んでいるが、隣にはライゼルドだけでなく、アーネストもいる。もう、怖くはない。

「先代ミーシェ伯爵親子の葬儀は、先代ラヴィアライト公爵殿と現公爵殿が一番覚えておられるだろう」

アーネストが向けた視線の先には、白髪で紫の瞳をした男性がいた。歳は六十代ぐらいだろうか。その瞳はラナの記憶にある母と同じ瞳で、隣に座る茶髪の男性も同じ瞳をしていた。茶髪の男性と自身の関係性は分からないが、あの白髪の男性がラナの祖父なのだろう。

白髪の男性がラナの視線に気付くと、どこかで見たことのあるような、悲し気な笑顔を浮かべた。それが母と同じ笑みの浮かべ方であることに気付いたラナは、血の繋がった家族がいるのだと、どうしようもないくらいに胸の奥が温かくなるような気がした。

「葬儀から約十年の時が経ち、私は死亡したはずのラナ嬢を保護した。しかし、葬儀の際に触れた遺体は間違いなく本物だった。これらのことから、ラナ嬢の遺体がすり替えられていた可能性が浮上した」

フェリルの墓を調べた後、ラナ・ミーシェと彫られた墓も調べたのだという。こちらの棺の中には確かに遺体があり、その遺体こそがフェリルのもの。フェリルの遺体をラナのものとする時、何らかの形でラナの遺体が偽物とばれた時に言い逃れができるようにと死亡報告書の日付を書き換えたのだと。ざわつく法廷にガイラーグ侯爵の声が響く。

「仮に、私が偽造していたとしよう。だが、偽造された遺体がなぜその子供のものと分かる？顔は判別できないうえ、もう十年経っている。そんな状態でどうやって判別したというのかね？」

アーネストが言ったのは現状証拠でしかなく、はっきりとフェルリのものであるという確固たる証拠は示されていなかった。

「証拠はある。フォード医師曰く、人の体は骨だけになったとしても、その者の情報がはっきりと残るそうだ。例え顔が判別できなくとも、別の部分で判別すればいい。さっき提示した証拠⑧の続きだ」

再び、使者とフェリルの両親の会話が再生される。内容は先ほどとは違い、フェリルの特徴について。顔つきや性格などが話されていく中、決定的な特徴が示された。

それはフェリルが五歳くらいの出来事。昔から好奇心旺盛で、挑戦心が人一倍あったフェリルを、彼女の父が自身の仕事場に連れて行ったことがあった。彼女はそこで重い工具を持ちあげようとして、自分の足に落としてしまう。病院へ行ったものの、右足の親指は完全に潰れており、切断することになったというところで音声が終了した。

よって、フェリルに右足の親指はなく、切断した手術痕《こん》があり、ラナの墓の棺の中に収められていた遺体にも、右足の親指がなかったのだそうだ。

「フォード医師の鑑定の結果、確かに切断された際の手術痕があったと証言している。事故現場で発見され、葬儀の際に私たちが見たラナ嬢の遺体は、間違いなく別人のものだ」

残り一つの欠片も全て揃い、十年前の真実という名の一つの物語が完成した。事故現場からフェリルの遺体が見つかったのなら、両親の事故は本当に事故だったのだろうかと疑念がよぎる。事故に見せかけて殺されたのではないかと。

そう考えていると、さっきまで冷静だった侯爵が恐ろしい表情でアーネストを睨みつけ、あくまで証明されたのはフェリルの墓荒らしと、遺体の偽装のみ。自分がやったという証拠はないと反論する。

「それなら、おそらくもうすぐだろう」

「なんだと？」

「失礼致します！」

大きな扉とは別の扉から入ってきたのは、騎士団の制服を着た一人の男性。

「大変申し訳ありません。至急、騎士団団長殿のお耳に入れたいことが」

「貴様、ここをどこだと、」

「いいよ。話しても」

侯爵の言葉を遮ったのはライオネルだった。彼は騎士団員へ向けていた視線をライオネルへと向けた。言い募る侯爵をはぐらかすように抑え込み、アーネストに団員と話す許可を与えている。

アーネストは席から若干離れたところで騎士団員から資料と思われる紙束を貰い、話を聞いている。少し経った後、騎士団員は一礼し、法廷から退出した。

彼は席に戻ると、団員から受け取った書類の束を新たな証拠として提示したいと申し出る。

「い、いいん、でしょうか？」

「ああ、大丈夫だ」

ライゼルド曰く、本来、裁判で扱われる証拠などは事前に申請しなければならないらしいが、許可が出れば証拠として認めることもあるのだという。結果として、新たな証拠は認められ、少しして台座に置かれたガラス玉から、さっきの資料と思われるものが投影された。

「新たな証拠として、証拠⑨を提示する。これはとある人物の調書だ。ガイラーグ侯爵、貴殿の側近のものだ」

「ッ！」

侯爵は目を見開き、驚愕《きょうがく》の表情を浮かべている。

裁判の最中、帝国騎士団が書類改ざんの証拠を持ってガイラーグ侯爵邸を捜索し、侯爵の執事が室長時代からの資料改ざんだけでなく、汚職、死体偽造も侯爵に指示されて加担したと喋《しゃべ》ったそうだ。また、フェルリ嬢の墓荒らしも侯爵の指示で執事とその配下たちが行ったとも。

さらに、ドラグディア公爵邸への侵入の件も侯爵の手によるもので、使用されたお香は妖精特効の違法薬。入手したお香を侵入者へ渡し、ランタン搬送時に設置できるよう紛れ込ませるために手引きしたのは執事だが、指示をしたのは侯爵だ。

公爵邸に侵入してきた男たちが、自分たちに依頼した人物の手首には古い特徴的な痣《あざ》があったと証言している。侯爵の執事の手首も特徴的な痣があり、痣を見たという侵入者全員に痣の形を書かせた後、直接執事の痣を見せたところ、全員の証言が一致。誘拐の件も侯爵に指示されたものだと話しているそうだ。

法廷にもたらされた情報は、侯爵を追い詰めるための決定的なものだった。侯爵は何も言わず、アーネストを見据えている。ただそうしているだけなのに、ラナには酷く恐ろしく感じた。

「最後に、ミーシェ伯爵の身分詐称だが、見てもらった方が早い。証言者②を入廷させたいのですが、よろしいでしょうか」

「許可する。証言者②をここへ」

ダークブラウンの綺麗な髪の男性が入ってきて、証言台に立った。会ったこともない人物のはずなのに、その顔立ちはどこか懐かしさがある。

「証言者②は宣誓を」

「私、C・ジェミーは、神に虚偽を行わず、真実のみを話すことを誓います。そして、我らが太陽、皇帝陛下にご挨拶《あいさつ》申し上げます。私は先代ミーシェ伯爵の弟で、ラナの本当の叔父です」

男性は深々とライオネルに挨拶をすると、そう告げる。

ラナにはジェミーと名乗った彼の言葉が、一体どういうことなのか理解できなかった。

二人を交互に見るが全く似ておらず、ジェミーの言ったことが信じられない。なぜなら、叔父とは恐怖の象徴の一つで、想像する悪人の形そのものだ。なのに、叔父は叔父ではなく、本当の叔父は別にいる？　考えれば考えるだけ、頭は理解するのを拒み続ける。

そんな混乱を他所《よそ》に、向かい側に座っていた叔父、ミーシェ伯爵が勢いよく立ち上がり、声を荒げた。

「嘘だ！　私が先代の弟だ！」

「静粛に!!」

リンセントの声が響き、法廷は静かになる。ミーシェ伯爵はジェミーを睨みつけたまま悔しそうだった。

「だけど、これじゃあどっちが本当なのか分からないなぁ」

「そうですね」

それもそうだろう。父の弟と名乗る人物が二人いる。両者とも自分が弟であると主張し、このままでは埒《らち》が明かない。

そこでアーネストが、ある提案をした。それは裁判を休憩し、その間にどちらが本物の先代伯爵の弟なのかが分かる質問を別室で二人に皇帝直々に投げかけ、その質問の答えによって本物を決めるというものだ。

「その証言者として、ラナ嬢と関わりのない十二神獣家の当主と、裁判に参加していない王宮の者を証人とすれば、証言の誤りもないと思われます」

「そうだな……陛下、いかがでしょう」

「うーん……そうだね。じゃあ、皆はそれでいいかな？　良いって人は手を挙げてくれ」

ライオネルが問いかけると、被告人席にいる者以外は全員手を挙げた。

「では、本裁判は一度休廷とする！」

場所は変わって、教会内にある一室。休憩中、証人とならない者は与えられた部屋で待機することになった。部屋の中にはラナの他にアーネストとライゼルドもおり、ソファに座って一息吐く。

「大丈夫か？」

「……あんなに、いろんなことが、起こってたん、ですね」

周りだけが忙《せわ》しなく変化していることに、ラナは疎外感を覚える。仕方のないことだけど、その事実が一番、堪《こた》えるものだった。

「でも、」

裁判が進んでいく中でどれだけの人たちに助けられ、守られ、支えられているのかを知った。ただの仕事で、帝国のためだからと動いている人がほとんどだろう。それでも、こんなにも心強いことはない。

それに、もっとも嬉《うれ》しかったのは現ミーシェ伯爵時代からの使用人たちのことだ。

「私は、ミランダたちに、守られて、心配して、もらってた」

危険だと知っていながらも、証言してくれた彼ら。より証言として信用してもらえるようにと実名まで出してくれたミランダ。きっと、感じなくてもいい罪悪感があっただろう。その思いだけで、言葉にできない感情が溢れてきて、感謝してもし足りない。

「けど、もし、彼女たちに何かあったら、」

「そこは安心して欲しい。ミランダ・セシーラを含む四十七名は証言者として帝国で手厚く保護されているから」

「その通りだ。手配したのはアーネストだが、実行したのは俺だからな。きちんと保護したのをこの目で確認している。だから、心配すんな」

「保護されて………よかったぁ」

彼女らが安全であると知り、少しだけ肩の力が抜けた。事が終わって、落ち着いたその時は彼女たちに会えるだろうか。もし会えたなら、もう怖いことはないのだと、今は幸せだと精一杯の感謝と共に伝えたいと思った。

それに、彼女たちだけじゃない。メアーリナやリンセント、沢山の人にお礼を言いたい。

「アーネスト様、ライゼルド様。本当に、ありがとう、ございます」

突然のお礼に二人はきょとんとするが、すぐに笑顔になる。

「礼を言われることじゃない」

「そうだぜ。それに、まだ全部終わったわけじゃねーんだ。気を抜くなよ」

温かい二つの言葉は、ラナにどこまでも勇気と元気を与えてくれる。

「はい！」

ライゼルドが言うように、まだ終わっていない。それを告げるように、部屋の扉が叩《たた》かれた。

「それでは、裁判を再開する！」

向かい側の被告人席には現ミーシェ伯爵がいて、ジェミーは原告人席よりも証言台に近い場所に設置されている即席の席に座っている。

「皇帝陛下より、質問内容と二人の回答結果を言って頂く」

「じゃあ言うね。質問の内容は、『先代ミーシェ伯爵、ディラン・ミーシェの実弟の名前』だよ」

そんなことを聞いてどうするのかと思った。叔父の名前は「クラウド」であり、両方が同じ答えになるはずだ。

「それぞれに聞いたところ、ミーシェ伯爵は『クラウド』。そしてジェミー氏は『クロード』と答えたよ」

ライオネルが「答えが違うなんて不思議だよねぇ」とニコニコしながら言う。

叔父の名前のつづりは帝国で百人中、百人が『クラウド』と読む名前だ。決して『クロード』とは読まない。

ただ、一つだけ叔父の名前で気になることを思い出した。

「そういえば、」

「ん？　どうかしたのか？」

「昔、叔父の名前を見た時、何と読むか父に、聞いたことが、あるんです。その時、逆に何と読むのか、聞かれたことがあって……」

母はもちろん、実兄である父からも叔父の話は出なかったし、叔父について聞いてもはぐらかされるだけで、何時の間にか聞くこともなくなっていた。

「私、叔父の名前は、『クラウド』だと、思っていたんですが、叔父の名前を、教えられたことが、ないんです」

「ドラグディア公爵」

もう少しで何かに触れそうになった時、ライオネルの声によって現実に引き戻される。

「はい、陛下」

「答えが違うようだけど、どうするのかな？」

「もちろん考えてあります。宰相、証言者③に入廷してもらってもよろしいでしょうか」

「許可しよう。証言者③をここへ」

扉が開き、一人の老女が侍女と思われる人に付き添われ、法廷へ入ってきた。とても優しそうな彼女が入ってきた瞬間、法廷内に戸惑いが走る。

「あの方は先々代皇帝陛下のお后《きさき》様で、皇帝陛下の祖母君、エリアティーナ太皇太后《たいこうたいごう》陛下だ」

「……ッ!?」

一瞬思考が停止したが、ライゼルドに向けていた視線をエリアティーナの方に向ける。

「なんッ⁉」

それは孫であるライオネルも同じだったようで、思わず小さく漏れた言葉が耳に入ってそちらを見る。ライオネルがリンセントを見ているが、彼は平然とした様子で進行していく。

「証言者③は宣誓を」

「はい。わたくし、エリアティーナ・ウェル・ヴォラティアスは、神に虚偽を行わず、真実のみを話すことを誓います」

エリアティーナは穏やかな声で宣誓する。ラナの曾祖母や祖母は既に亡くなっており、声を聞いたことがない。もし生きていて、声を聞いたとしたら彼女のような声なのかもと、自然とそう思えた。

「エリアティーナ太皇太后陛下は先代ミーシェ伯爵の祖母、メイラ・ロデス・ミーシェ夫人の親友であり、先代伯爵とその弟の名付けに立ち会った人物だ。では、先代伯爵の弟の名前について教えて頂けますか」

アーネストがエリアティーナにそう問いかける。エリアティーナは一つ頷くと、懐かしむように話し始めた。

「わたくしがまだ、学園の生徒だった頃の話です。当時、学園には一人の女生徒が留学しておりました。それがメイラで、遠方の南の島国の出身でした。わたくしと彼女は馬が合い、すぐに親友になりました。メイラは学園で先々代ミーシェ伯爵のセシルと出会い、恋に落ちたのです。学園を卒業後、二人は結ばれ、一人でしたが子供もできました」

それは初めて聞く、曾祖母の話だった。祖父母は叔父が生まれてすぐに爵位を継ぐことなく事故で亡くなっており、幼かった父と叔父は曾祖父母に育てられたと聞いたことがある。

一度、父に曾祖父母のことを聞いた時、『優しい人たちだったよ』と酷く寂しそうな顔をしていた。曾祖母のことをもっと聞きたかったけど、幼いながらもそれ以上は聞いてはいけないと思ったのだ。

「時が経ち、メイラは体力が落ちてきて、体調を崩すことも多くなり、遠方にいる家族の元へ帰省することも難しくなっていきました。気丈に振る舞ってはいましたが、やはり故郷が恋しかったのでしょう。表には出さなくとも、セシルや子供は気付いていました。そこで、わたくしも話に交ぜてもらい、孫の名は彼女の故郷に由来するものにしようと内緒で決めたのです」

昔、伯爵家で見た二人の女性が描かれた絵の中でしか会ったことのない曾祖母を思った。

好きな人と結ばれた代わりに、滅多に家族に会えなくなった曾祖母。彼女は確かに幸せだった。それでもラナと同じく、ふとした時に両親を思い出し、寂しさを抱えていたのだろう。

「兄の名である『ディラン』の意味は『波の息子』。島国である彼女の子守歌であった波を名前に入れました。弟の名前は、綴りこそよくある名ですが、メイラの故郷では帝国や周辺の国の読み方と少し違っているのです」

エリアティーナの言葉で全てを理解した。父の質問の意味も、本当の叔父が誰なのかも。自然と、証言台近くの席に座る人へと目を向ける。

「弟の名前は『クロード』。クロードは体が弱いということで社交界には一切出ていなかったので、今では本人とわたくし、クロードに幼い頃から仕えている執事しか知らないでしょう」

語り終えたエリアティーナはラナへと顔を向け、今にも泣き出しそうな笑みを浮かべている。

(あ、)

埋もれていた記憶の中。『向日葵《ひまわり》と白百合《しらゆり》』と題された絵。その中の曾祖母の隣にいた、とても綺麗な人。彼女は家族の誰とも違う、金糸の髪に海のような深い青い瞳を持っていた。微笑んではいたものの、その姿には曾祖母にはなかった威厳があり、まるで白百合のよう。

描かれていたのは、若かりし頃のエリアティーナだ。

あの絵は、二人の友情を描いた絵であることが今はっきりと分かった。だから、ありがとうの意を込めて、彼女に笑い返す。エリアティーナは目を見開くと、一粒、涙を零していた。


「最終判決を下す!」

エリアティーナが退出し、最終判決の審議をするために、また一時休憩となった。話し合いが終わり、全員その場に立って判決が下るのを待っている。

「僕、リンセント、観察者たちによる話し合いの結果、ミーシェ伯爵夫妻……いや、名前が分からないから、そこの偽物夫妻はラナ・ミーシェに対する虐待及び、身分詐称。偽伯爵にはそれに加え、ラナ・ミーシェの死亡届の意図的な虚偽申告、並びに人身売買への関与。ガイラーグ侯爵には役所の室長時代に行った書類改ざんに加えて、ラナ・ミーシェの死体偽造及び、誘拐事件、違法薬物、墓荒らしへの関与があるね。あ、あと汚職、だっけ？　それもか。これら全て真とし、有罪とする」

「以上をもって、本審議裁判は閉廷と、」

「う………てに……ば」

「ガイラーグ侯爵、静かに」

何かをぶつぶつと言い始めたガイラーグ侯爵にリンセントが静かにするように言おうとしたその時だった。

「兎を手にすれば全てが手に入るのだ！　やれ！」

ガイラーグ侯爵が言い放った瞬間、大きな扉が開け放たれて真っ黒なローブを全身にまとう集団が入ってくる。集団はガイラーグ侯爵の周りを囲み、ラナたちや皇帝の方へ剣を向けている。

「アーネスト、様……」

アーネストはラナを自身の後ろに隠し、集団を睨みつけている。

いったい何人いるのだろう。ざっとでは数えきれない人数に対してアーネストたちは、剣はおろか魔法も封じられている。

「これは頂けないねぇ」

「兵はどうした！」

リンセントが声を上げると、機嫌の良さそうなガイラーグ侯爵がその問いに答えた。

「そんな者、こやつらに始末させたに決まっているだろう。この場に呼ばれた時から最悪の事態を想定するのは当然のことだ。そうだろう、ヨルムンガード」

集団の向こうには、さっき見た兵であろう人が倒れているのが見える。ラナは怖くなり、自身の両手を握りしめた。

「そうかい。でも、」

ライオネルはそう言いながら、壁に立てかけてあった長杖《ながづえ》を持ち、床に「カツンッ」と一回ついた。すると、開かれていた大きな扉が瞬時に閉じられ、魔法で作られた鎖が窓からの侵入を防ぐように壁に張り巡らされ、大きな錠前が扉にかけられる。

「こうすれば増援は来ないし、出られないよ。リンセント、僕ここから動けないから、後は頼んだよ」

「はっ！」

増援という手段が封じられた侯爵だが、「ふんッ」と鼻を鳴らす。

「そのようなことで私を止められるとでも思ったか。お前たち、兎を捕らえろ！」

侯爵の指示と共に、黒いローブをまとった集団がアーネストたちに襲い掛かってきた。

「君は私が必ず守る。ライゼルドッ」

「分かってるさッ」

アーネストとライゼルドは襲い来る剣を交わしては襲撃者に重い拳《こぶし》と蹴《け》りを叩き込んでいく。

二人だけではない。戦える十二神獣家の人たちは二階席から飛び下りて、同じように襲撃者たちを力だけでなぎ倒していく。その中にはメアーリナやラナの祖父の姿もある。

人数が多いとはいえ、ここにいるのは十二神獣家の者たちだ。あっという間に襲撃者たちは倒されていき、その数を減らす。

「あれ、」

ラナがその様子を見ていると、ガイラーグ侯爵の姿がないことに気付く。辺りを見回すと、いつの間にかラナの近くまで来ていた。収納魔法から短剣を取り出し、ラナに向けている。

「ッ」

近づいて来る侯爵に後退《あとずさ》るが、椅子に躓いて尻餅《しりもち》をついてしまう。その間にも侯爵は近づいて来る。

「私の目的には兎が、加護持ちがいるのだ。その生き血を……」

「いや、いやだ！」

侯爵がラナに襲い掛かろうとしたその時だった。

「グッ！」

侯爵の体が地に倒れ伏し、その向こうにアーネストの姿が見えた。

「ラナ！　無事か！」

「アー、ネスト、様……アーネスト様ぁぁ！」

「遅れてすまない。怪我はないか」

「はい。私は、無事です」

ラナに怪我がないことを知ると、アーネストは安心したように一息吐いた。

「襲撃者共は片付けたが、ガイラーグ侯爵がいないことに気付いてな。無事で良かった」

アーネストの手を借りて立ち上がると、机に隠されて見えなかった部屋の様子が見えた。彼が言ったように襲撃者の撃退に成功したようで、黒いローブの人たちが床に倒れている。そして彼の安堵《あんど》した様子に、ラナも気が抜けた。

「アーネスト様。守ってくださって、本当にありがとう御座、い、ま」

ラナがお礼を言っているとアーネストの表情が急に焦りへと代わり、ラナの腕を引いて抱き込み、自身の体ごと反転させる。

突然の衝撃にラナは目を閉じたが、耳元でアーネストの苦しげな声が聞こえた。何が起こっているのか分からず、そっと目を開ける。

「お前ぇぇえええ!!」

ライゼルドの怒声が聞こえ、アーネストの体重がラナにかかる。彼の肩越しに見えたのはライゼルドによって黒いローブを着ている人が確保された様子だった。

「あ、アー、ネスト、さ、ま、？」

恐る恐るアーネストの背に手を回すと、ぬるっとした感触がした。掌を見ると、真《ま》っ赤《か》な液体で染まっていた。

「アーネスト、さま、ちが、」

「けがは、ない、ようだ、な」

アーネストは少し離れ、ラナに怪我がないかを確認して無事を知ると、安心するかのように優しく微笑んだ。その額には脂汗が浮かんでいる。

アーネストはラナに支えられながら崩れ落ち、そのまま床に仰向けになる。その間にも血が止まることなく床を赤く濡《ぬ》らしている。

「アーネスト様！　アーネスト様！」

辺りが騒然とする中、必死にアーネストへ呼びかける。血は床だけに留《とど》まらず、ラナの服をも赤く染めていった。

「らな」

「アーネスト様！　頑張って、ください！　今、お医者様をッ！」

「きいて、くれ」

「嫌です！　元気になってから、言って、ください！」

「聞け！」

「ッ！」

最後の言葉のように話そうとするアーネストの話を聞きたくなくて声をかけるが、アーネストの一喝で、言葉を呑《の》んだ。あまりにも彼の表情が真剣だったから。ラナの頬にアーネストの手が添えられる。

「ラナ、うらむなとは、いわない。だが、あれと、同じにだけは、なるな。幸せになる、ために、生きろ！」

アーネストには分かっているのだ。もう、自分の命はここで終わることを。ラナが認めたくない未来を。

「そんなこと、そんなこと、言わないで、ください。最後の言葉みたいに、言わないで」

「ラナ、君にあえて、私は、生きるいみを、知ったんだ。君がいたから、灰色だったせかいが、色づいた」

「私も、です。アーネスト様が助けて、くれたから、人を、好きになれたんです」

「らな、わたしは、きみを、あいしている」

「わたしも、です。あいして、ます。あーねすと、さま」

途切れ途切れに伝えてくる『愛』に泣きながら応える。どうか、どうか死なないでくれと願いながら。もう、大切な人を失いたくない。大好きな人たちだけでなく、愛する彼にまで置いて逝かれたくない。

「まだ、きみと、すごしたい、な」

しかし、現実はいつだって理不尽で不条理だ。アーネストは優しく微笑んで、目を閉じ、頬に当てられていた手はするりとラナの頬を滑ると、落ちていった。

「あーねすと、さま?」

その場にはラナの、アーネストを呼ぶ声だけが響く。

「おきて、おきてください」

懇願するが、彼は起きることはない。呆然《ぼうぜん》とした。目の前には、命の灯《ひ》が消えかけているアーネスト。もう数分もすれば死ぬだろう。

「あ、ああ、――――――ッ!!!!」

つんざくような叫びが法廷に響いた。その悲鳴はラナ自身のもので、アーネストが死んでしまうという恐怖によるものだった。怒り、憎しみ、今はそんなものどうだっていい。ただただ願い、祈るのはアーネストの生のみ。

もう、誰も失いたくない。アーネストが生きることを願いながら、新たに湧《わ》き上がってくるのはどこまでも純粋な欲望。それだけがラナを突き動かしていた。

「もう、わたしから、たいせつなひとを、うばわせは、しないッ!」

それは一つの宣言。

これ以上、奪わせない。これ以上、失《な》くさない。これ以上……守られてばかりは嫌だ！

強くなる想《おも》いに共鳴するかのように段々と体が熱くなる。体内に巡る血が沸騰し、何かが急速に循環していくのが分かる。循環するそれが胸の中心に集まり、今度はそこだけがまるでマグマのように熱くなる。なぜか分からないが、それをどうすればいいのか自然と理解した。

「『願いは祈り、祈りは願い』」

頭の中に浮かんでくる言葉を口にすると、ラナを中心に、床に黄緑色の大きな魔法陣が展開し、光を放つ。魔法陣からは黄緑色の温かな光が溢れ、まるでラナとアーネストを包むかのように舞っている。

心の底から、『今ならできる』と感じ、目を閉ざしているアーネストを見る。目的はただ一つ。アーネストを救うこと。

「『――――《愛しき彼の者を癒せ》』！」

自分ですら何と言ったのかは分からないが、意味だけは分かる言葉を叫ぶと魔法陣がさらに輝きを増し、黄緑色の光がアーネストの傷を癒していく。

魔法陣が薄れ、光が止《や》んだ。

「んん……私は、一体……」

アーネストの傷は完全に癒え、すぐに目を覚まして体を起こした。その様子に段々とラナの

目が潤んできて、ヒック、ヒックと嗚咽《おえつ》しながら、ぽろぽろ涙が流れてくる。

「ラナ……君が……」

コクコクと頷き、涙を拭うも止まらず、透明な雫《しずく》が床に零れた。

「すまなかった。ありがとう」

アーネストの広げられた腕の中に飛び込み、背に腕を回して抱き着く。「トクン、トクン」と規則正しく聞こえてくるアーネストの鼓動、体温、そして彼に抱きしめられている事実が彼の生の証。一度はこの掌から落ちて逝こうとしたもの。

もう、彼が、アーネストがいない世界では生きていけないのだろう。アーネストを失った世界を想像すると、絶望、地獄、そんなものも生易《なまやさ》しく感じてしまうほど目の前が黒く染まる感じがした。灰色の世界なんてものではなく、真っ黒に塗り潰される、そんな気が……。

嫌な『もしも』を考えたくなくて、拭い去るようにアーネストを抱きしめる腕に力を込める。より密着し、彼の温もりがもっと感じられることが何よりも嬉しくて仕方がない。アーネストの温もりに包まれながら、彼の無事に心の底から安堵した。

【第六章　終わりと始まり】

　裁判の日から約一週間と少しが経《た》った。色々と騒動があったことから、正式な沙汰《さた》は後日下されることとなり、今日《きょう》、その手紙が届いたのだ。

「先の裁判で挙げた罪は、全《すべ》て確定されたそうだ」

「そう、ですか……」

　場所はドラグディア公爵邸の執務室。送られてきた手紙の封が切られ、何枚もの便箋《びんせん》が中に収められていた。それをアーネストが読み、ラナはリード、セドリックと聞くことになった。

「先代ミーシェ伯爵の実弟を騙《かた》っていたディエゴ・パーティマー及び、その妻であるユローナ・パーティマーの身分詐称と、ラナが書類上とはいえ死亡していたことで、君は彼らの扶養に入っていないという結論になった。よって、虐待ではなく、さらに罪の重い暴行罪に変更された」

　この一週間という短い期間でありながらも、伯爵家や侯爵家から芋づる式でさらに調査が進み、彼らが何者なのか判明した。二人はただの平民で、貴族の血が入っているわけでもなんでもなかった。

虐待は、その家や親の育ってきた環境、親の人格などが大きな問題であるとされている。罪とはされるが、罪を償うというよりも、どちらかといえば支援に近い形となる。

しかし、暴行罪となれば話は別だ。

ラナだけでなく、四十七名の使用人への暴行や理不尽な諸々《もろもろ》の行為も罪状として加算されることになり、より罪は重くなる。

彼らがきちんと裁かれ、ミランダたちが泣き寝入りすることがなく、平穏で平和な日々が訪れることが何よりも嬉《うれ》しい知らせであった。

「次にラナに関してだが、本来行ってはいけない伯爵の仕事をラナが行っていたことは問題とされる」

当主以外が当主の仕事をしてはいけないことは、アーネストに教えてもらったこと。例え知らなかったとはいえ、やってはいけないことをしていたという事実は、必ず清算しないといけない罪だと考えていた。

だからといって、うつむきはしない。真っすぐにアーネストを見つめ、その沙汰を受け入れるつもりだ。決して、ディエゴとユローナのように逃げたりしない。己の罪から逃げることで彼らと同じになるのだけは、絶対に嫌だから。ラナが覚悟を固める中、その予想は思いもよらない形で裏切られる。

「だが、ラナが書類上死亡したものとして扱われていたこと。伯爵の仕事を行わなければならなかったという危機的状況が加味され、罪に問われることはないと書かれている。それよりも、このことでクロード氏が問題に上がったそうだ」

「無罪、って、え、叔父さん、が？」

何かしら罰があると思っていたが、それがなくなってしまったことへの驚きは、C・ジェミーと名乗っていた、クロード・ジェミーことクロード・ミーシェがどうして問題に上がったのかについてで、かき消されてしまった。

「クロード氏が問題に上がった理由は、貴族籍に戸籍があったことだ」

ヴォラグディア帝国の戸籍には平民の国民籍と、貴族の貴族籍の二つがある。帝国民はみな、このどちらかを持っており、クロードは国民籍ではなく、貴族籍に戸籍登録されていたらしい。

「貴族籍に属する方々は、ラナ様のような一定の事情がない限り、その義務を全うすることが義務付けられております。そのため、クロード・ミーシェ様は、それを放棄したとみなされたのでしょう」

「ああ、その通りだ」

クロードは自分のしたいこと、商業の道に進むために体が弱いということにしていた。色々と経験を積んだ後は比較的新しく商業を起こしやすい隣国で新たに戸籍を取得し、姓だけ変えた、クロード・ジェミーという名前になり、知らない者はいないほどの商会を経営している。

「例え子供であっても貴族は勉学に励むという義務があり、貴族である以上は逃れることができない。だが、大人《おとな》になれば勉学だけでは済まされない」

改めて貴族の厳しさを思い知る。沢山の恩恵を多くの人から受けているために必要不可欠なものが、貴族としての義務だ。その全ては領民を守るためのもの。

「クロード氏は商業をする代わりに、ラナの曾祖父殿との約束で、貴族籍だけは捨てるなと言われていたらしい。曾祖父殿亡き今も遺言に従い、国民籍に籍を移すことはなかった。そして今回、先代のディラン氏が亡くなり、本来ならばクロード氏が行わなければならなかった伯爵の仕事を、知らなかったとはいえ行わなかったとみなされたんだ。結果、貴族としての役目を放棄したとされ、罰則を受けることになった」

クロードは兄夫婦が亡くなっていることも、伯爵家がどうなっているのかも全く知らなかった。それにより、結果として怠っていたということになった。

「だ、大丈夫なん、ですか……」

裁判の数日後、ラナは初めて会った本当の叔父と少し話をしていた。

その時に、クロードから『申し訳なかった。自分を恨んでくれて構わない』と心からの謝罪をされた。何かあれば知らせがあると聞かされていたのもあり、知らせがないのは元気な証拠と思っていたそう。大変悔しそうで、心底後悔しているようだった。

恨んでくれと言われたが、ラナにはクロードに対する怒りはもちろん、恨む気持ちなど微塵《みじん》もない。ただ、本当の叔父に会えたことや大好きな父の弟が悪人ではなかったこと、彼が元気にしてくれていたことが何よりも嬉しかった。その気持ちを素直に伝えると、クロードは涙を流し、『ありがとう』と抱きしめてくれた。

クロードと会った夜にアーネストから、クロードへ知らせが行かなかったのは両親に仕えていた使用人たちが全員、侯爵によって殺害されているからだと聞かされた。ただ辞めさせられただけだと、どこかで元気に生きてくれていると願っていたというのに、現実は無情にも、子供心に抱いたその些細《ささい》な願いさえも消し去っていく。

悲しみに暮れたものの、アーネストを始めとするドラグディアの使用人たちによって、ゆっくりと心の傷を癒している。全てを受け入れて乗り越え、前を向くために。

そんな、ラナと同じく家族を亡くしている被害者でもあるクロードに重い罰を受けて欲しくはない。

「心配しなくてもいい。クロード氏への罰則はミーシェ伯爵家当主となることだからな」

「え？」

重い罰があるのではと思っていたが、思ったよりも重くないもののように感じる。強制的に当主にされたとしても、商業の禁止というものではないので、クロードのやりたいこともできるだろう。

「ただ、相応の理由がない限り、領地から十年間出ることを禁じられ、傾いた伯爵家を立て直す必要はあるが……」

ラナは血の気が引いた。ミーシェ伯爵家の一切合切をしていたため、その現状はよく知っている。借金はしていないはずだが、ラナがいなくなってからは分からない。もしかしたら借金をしてしまっているかもしれない。何とか切り盛りして来たものの、あのような酷《ひど》い状況を立て直すとなると相当大変だろうことは言われなくても分かった。

「皇帝が選んだ補佐官をつけることになるそうだ。それに、クロード氏はサタリア商会の創始者だ。彼ほどの商才の持ち主ならば心配はいらないだろう」

補佐官がつくことに安堵《あんど》したが、まさか隣国一の商会で、帝国でも一位、二位を争うほどのサタリア商会を一から作ったのがクロードだとは思わなかった。それほどの人物なら、きっと、立て直しも上手《うま》くいくだろう。

「あと、パーティマー夫妻の息子、デイブだが未成年ということもあり、帝国で一番厳しいことで有名な辺境にある更生施設へと送致されることになった」

彼は親によって捻《ね》じ曲げられたと言っても過言ではない。

両親が亡くなってすぐの頃《ころ》は『お姉ちゃん』と言って懐いてくれていたが、親であるパーティマー夫妻が本性を現してから、デイブの性格も段々と悪くなっていった。

厳しいところとはいえ、更生施設と聞いて少しほっとする。もう二度と会わなくて済むというのもあったが、一時だけでも実の弟のように懐いてくれていた彼が、ただ重い罪で罰せられるのではなく、更生の機会を得ることができたから。これからの道を決めるのは彼次第だろう。

「問題は、ガイラーグ侯爵だ」

ガイラーグ侯爵と聞き、ラナは背筋を伸ばす。全ての元凶であり、アーネストが刺される原因を作った人。

「私も捜査に参加しているが、審議裁判で確定した罪だけではなく、様々な悪事に手を染めていたんだ。先代ミーシェ伯爵に仕えていた使用人達の殺害だけではなく、多数の殺人に関与し、汚職、不正取引、パーティマー夫妻の身分詐称の援助、妖精《ようせい》特効の違法薬以外の違法薬物にまで手を出していたようだ。それと、ラナへ心的恐怖を与え、害そうとしたことによる傷害未遂も追加された」

「叩《たた》けば叩くだけ埃《ほこり》が出てきてるんだぞ」

ガイラーグ侯爵に関する捜査は今もなお続いているらしく、リードもアーネストの契約妖精として捜査に加わっている。ディエゴを悪人の姿だと感じたが、真の悪人の姿は侯爵であるとラナは思った。

正直、彼さえいなければ、多くの人の命が失われず、きっと今も幸せに暮らしていただろう。そう思えてならなかった。

「そして、ラナ。君の両親の事故が仕組まれていた可能性がある。まだ調査中だが、事故発覚時にフェルリ嬢の遺体があったことから、確率は非常に高いだろう」

「……」

　ずっと、嵐《あらし》によって運悪く引き起こされた事故だと思っていた。けれど、そうではない。アーネストは『確率が非常に高い』と濁したが、仕組まれていたことはラナにだって分かる。

「ラナ様……」

　心配してくれるリードの声が聞こえた。

「じゃあ、なぜ、両親は、殺されたん、ですか？」

　疑問として口に出たが、善良な両親が殺された理由に気付いていた。両親は貴族としても人としても立派な人たちで、何時《いつ》も貴族としての心得だけでなく、人として大事なことを教えてくれていた。

　二人が殺された理由など、一つしかない。侯爵本人の口から出された、彼の目的。

「ラナ、君がガイラーグ侯爵の狙《ねら》いだった。正確には、兎《うさぎ》の加護持ちだが」

「……」

　アーネスト曰《いわ》く、とある違法組織が存在しているのだという。侯爵はその違法組織と繋《つな》がりがあり、兎の加護持ちを狙っていたらしい。つまり、彼の犯行の全ては、兎の加護持ちを手に入れるために行われたもの。

「組織の一員や協力者が帝国政府内にいて、この者達が裁判でガイラーグ侯爵が着けていた魔法封じの腕輪の偽物の譲渡及び、襲撃者を手引きしたことも明らかになった。彼の件が終われば、今度はその組織を追うこととなるだろう」

　段々とアーネストの言葉が遠くなっていく。

「……つまり、私が、いたから、父と母が、亡くなって、皆、亡くなった、って、こと、ですか？」

　ガイラーグ侯爵が狙っていたのは兎の加護持ちであるラナ。彼は数えきれないほど人々を傷付け、苦しませ、命を奪った。それにより、どれだけの人が悲しんだだろう。兎の加護持ちを手に入れる、ただそれだけのために。

「私が、いるから。私が、兎の加護持ち、だから。私が、生まれて、きた、から、」

　せめて加護持ちでなければ、両親や殺されたという使用人たちは生きていたのではないかという『もしも』が頭の中を埋め尽くしていく。

　思考の渦に呑《の》まれようとしていると、突然体が温かいものに包まれた。

「ラナは、望まれたから生まれたんだ」

　アーネストの声が耳元で鼓膜を揺らす。気付くと、彼によって抱きしめられていた。

「使徒の加護は一定の周期、特定の血筋、頻度で発現する。兎の加護も一定の周期で発現するから、それがたまたまラナだったというだけで、君が悪いわけじゃない。生まれてはいけなかったということでもない。悪いのは、罪を犯した者だ。ガイラーグ侯爵がラナを狙い、画策さえしなければ、こんなことは起きなかったんだ」

心地のよい低い声は荒れた心を落ち着かせていく。

「法廷でも言ったように、侯爵を憎むなとは言わない。どれだけ心の中で悪しく思っていてもいい。しかし、実行だけはするな。それをすれば、侯爵と同じとなって、ラナは幸せになどなれなくなる。ラナの両親は、使用人達は、君が罪を犯すことを良しとし、幸せになるなと言うような人達だったか?」

「いい、え」

「生まれてこなければ良かったと、言うような人達だったか?」

「いいえ、いい、え」

そんなことを言ったり、思ったりなどしない人たちだった。何時も大切にしてくれていた。生まれてくるな、幸せになるなと言うはずがない。むしろ『幸せになって』と、そう言ってくれる人たちだ。

「ラナ。君の幸せが、亡くなった者達への最上の餞《はなむけ》であり、ガイラーグ侯爵に対する最高の復讐《ふくしゅう》だ」

私なんかが幸せになってもいいのだろうかと考えるも、それが餞になるのなら、復讐になるのなら、絶対に幸せにならなくてはならない。最期の時に笑って、『いい人生だった』と言えるようにならなければならない。これから進む道は、暗闇《くらやみ》などではなく、アーネストたちと共に進む、光溢《あふ》れる幸せへの道なのだ。

そう思っても侯爵に対する憎しみは消えてはいない。消せるわけがない。できることなら両親と同じ目に遭わせてやりたい。

でも、それでは駄目だ。アーネストが言ったように侯爵と同じになってしまう。両親やアーネストのことを想《おも》うのならそれは行ってはいけないこと。大切な人を悲しませたくはない。例え、この胸の内にある黒い感情がなくなりはしなくても。

その葛藤《かっとう》も全て、アーネストは受け入れてくれている。これほど欲しい言葉をかけてくれて、正してくれる人はいないだろう。彼の腕の中で、想われる幸せを噛《か》みしめていた。

「もう、大丈夫です。ありがとうございます」

ラナは落ち着きを取り戻した。胸の中には、もう迷いはない。

「そうか……では、話を続けようか。最後に、ラナの戸籍についてだ」

「私の？」

「ああ。今、ラナは不安定な位置にて、君を守るためには貴族の後ろ盾が必要だ。本来なら生家であるミーシェ伯爵家が後ろ盾になるが、今の状態では難しいだろう」

成人である十八歳まで、後一年ほど。一応アーネストによって保護されてはいるものの、十八歳になるまでの間は明確な後ろ盾がなく、足場が危ういという。その状態では貴族社会において自分で自分を守ることができない。

「そこで、ラナが兎の加護持ちである以上はここで暮らすのは変わらないが、後見人は私とした上でラヴィアライト公爵家の籍に入ることになった」

「ラヴィア、ライト」

「君の母君、イザベラータ・ミーシェ、旧姓イザベラータ・ラヴィアライトは現ラヴィアライト公爵の妹だよ」

聞けば聞くほど不思議でしかない。母は、父である伯爵にとって雲の上の人とまではいかないが、それなりに地位が離れている。どうやったら、そんな二人が結婚できたのか。その出来事をアーネストが教えてくれた。十七年経って初めて聞く両親の馴《な》れ初めは、あまりにも波瀾《はらん》万丈なものだった。

母、イザベラータは社交界の花と名高い存在だったという。現国王の弟、もしくは同じ公爵家の誰かと結婚するとまで言われていた。誰もが彼女の嫁ぎ先を噂《うわさ》する中、当の本人は可もなく不可もない伯爵子息の父を選んだ。嫡男とはいえ、あまりにも釣り合わず、先代ラヴィアライト公爵も許さなかったそうだ。最後には先代公爵が折れ、見事、イザベラータの完全勝利となった。

「それで、ラヴィアライト公爵家の籍に入るにあたって、書類上のラナの名前は『ラナ・フィアール・M・ラヴィアライト』となる」

「ラナ・フィアール・M・ラヴィアライト……」

ラナの新しい名前だ。仕方のないこととはいえ、唯一の両親を感じられる「ミーシェ」ではなくなったことに、一抹の寂しさを覚えたが、あることが気になった。

「その、『フィアール』って、」

母の旧姓にはなく、ラナには付けられたそれ。一体何を意味しているのか分からなかった。

「ああ、これは使徒の名前だ」

「使徒様の？」

使徒に名前があることを初めて知った。アーネストはラナの考えを読んだかのようにクスクスと笑い、説明する。

「加護持ちは、先祖の使徒の名前を自身の名前に入れるんだ。ラナの場合は兎の使徒『フィアール』を。私の場合は竜の使徒『カインフォレスト』になる。本来、使徒の名前は加護持ちと分かった時に付けられるが、兎は加護持ちであることを隠さなくてはならないから、能力が発現してからだ」

「そうなんですか……」

ヴォラグディア帝国ではミドルネームをつける習慣はあまりない。そのため、アーネストとリンセントにミドルネームがあるのは珍しいなと思っていたが、ちゃんとした理由があったのだと納得する。

だが、もう一つ、気になっていることがあった。

「では、この『M』というのは？」

「それは、『ミーシェ』の『M』だ」

「えっ」

「ラナ・ミーシェは今の君を形作っているもので、父君と君を繋ぐ、目に見える証《あかし》。省略されている名前は名乗らないが、ミーシェの頭文字である『M』を入れたんだ。実際は『ラナ・フィアール・ミーシェ・ラヴィアライト』になる」

ラナにとって『ミーシェ』とは地獄の象徴であると同時に、幸せの象徴でもある。両親との繋がりの一つであるそれがなくならないことが、何よりも嬉しかった。

「本当に、ありがとう、ございます」

感謝の言葉を伝えると、アーネストは「気にするな」と微笑《ほほえ》んだ。

「それでなんだが、君の祖父のオーウェン殿と伯父のローウェル殿に挨拶《あいさつ》に行かなければならない。私も共に行くが、どうだろうか？」

人への恐怖心に配慮したのだろう。アーネストは何時だって優しい。だけど、もう大丈夫だ。アーネストが傍《そば》にいてくれるなら、ラナに怖いものはなかった。そして何より……。

「はい。行けます。行きたい、です」

母の家族に会ってみたかった。あの日、会うことが叶《かな》わなかった、祖父と伯父に。

〜＊・＊・＊〜

数日後、護衛のリードを頭に乗せ、アーネストと共にセドリックが操縦する馬車でラヴィアライト公爵家へと向かっていた。

「ラナ、見えたぞ」

窓の外に大きな屋敷が見えてくる。帝都にあるラヴィアライト公爵邸はドラグディア公爵邸の近くにあり、到着するのに時間はかからなかった。

ラヴィアライト公爵邸の玄関前に到着すると、リードは姿を消しながら護衛をすることになった。馬車の扉が開かれ、先に下りたアーネストにエスコートされて馬車を下りる。玄関の扉は既に開けられており、多くの使用人たちが出迎えてくれた。

「ようこそお越しくださいました。ドラグディア卿」

「出迎え、ありがとう御座います。ラヴィアライト卿」

出迎えてくれた男性は、審議裁判の時に見た祖父の隣に座っていた人。この人が、アーネストが言っていた伯父のローウェルだろう。ラナはその瞳《ひとみ》の色に母の面影を見た。

「さぁ、ラナ」

アーネストが教えてくれた通りに自分の名前をローウェルに伝える。

「は、はい。ラナ・フィアール・ラヴィアライト、です」

「ようこそ、ラナ。僕はローウェル・ラヴィアライト。イザベラータ……お母さんの兄で、君の伯父です。君と話せる日を心待ちにしていたよ」

泣きそうなのを必死にこらえながらも、笑顔で歓迎してくれた。ローウェルは「僕よりもずっと、君と話したがっていた人がいるんだ」と言って、屋敷の中へと促される。

通された部屋は応接室のようで、ローウェルが扉を叩くと、中から「どうぞ」という少し渋めの声が返ってくる。

扉の向こうには一人の白髪の男性、祖父がいた。

「ドラグディア卿とラナをお連れしましたよ」

祖父はゆっくりとラナの方へと近づいてくると、持っていた杖《つえ》を手放し、ぎゅっとラナを抱きしめてきた。

「あ、あの?」

突然のことに困惑していると、耳に震える声が入ってきた。

「すまなかった。本当にすまなかった。儂《わし》があの時、もっとしっかりしておれば、早い段階でお前を助け出せてやれたものを。この十年間、惰性で過ごしてしまったこの老いぼれを、どうか許してくれ」

震え、涙ながらに「すまなかった」と繰り返す祖父。その様子に「この人は、ずっと悔やみ続け、自分を恨み続けている」のだと思った。

娘夫婦を公爵邸へ来させずに、自分が行けば良かったと。自分がラナも馬車に乗っていると証言しなければと。零《こぼ》れていくのは後悔の懺悔《ざんげ》。そうやって、十年の間ずっと積み重ねてきたのだろう。

ラナは震える背中にそっと手を回す。

「いっぱい、心配してくれて、ありがとうございます。いっぱい、考えてくれて、ありがとうございます。いっぱい、悲しんでくれて、ありがとうございます。だから、これからは、いっぱい笑って、過ごしてください。私はもう、大丈夫です。だから、もう、悲しまないでください。自分を恨まないで、ください。私はもう、十分です」

「ラナ……」

気付けば頬に雫《しずく》が伝っていた。この人にとっても、辛く、苦しい十年であったのだ。

(こんなにも、家族って、温かかったんだなぁ)

祖父に抱きしめられ、忘れてしまっていた家族の温かさを思い出し、初めて両親のため、そして自分自身のために泣くことができた。

十年前に取り残された幼い少女とその祖父は、やっと、真の意味で前に進むことができたのだ。

あの後、思い出話に花を咲かせたが、日暮れとなり、別れを惜しみつつもラヴィアライト公爵邸を後にした帰りの馬車の中。ラナは膝《ひざ》の上で眠るリードを撫《な》でていた。

「ラナ」

「はい」

「君に伝えたいことがあるんだ。屋敷に帰った後、ランタンを飛ばした丘まで共に来てくれないか?」

「? はい、分かりました」

なぜわざわざあの丘まで行くのかは分からなかったが、素直に頷《うなず》く。

ドラグディア邸へ到着後、既に用意されていた馬に乗り、二人で丘の上に向かう。祝福の日と同じ、美しい夕日が辺りを照らし、帝都の塀とお城が見える。アーネストに呼ばれて彼の方を向くと、真剣な表情で、こちらを見ていた。

「十年前、君が亡くなったと知った時、私は生きる意味を失った」

彼の言葉の悲壮感から、十年前の悲劇による傷の大きさを改めて突き付けられる。

「私は、歴代の加護持ちの中でも能力だけではなく、本能も非常に強い。常に酷い渇きを覚えていて、ある日、ついに私は加護暴走を起こした」

加護の授業や魔法に関する本を読んで知った、加護持ちだけが起こす暴走状態。力の制限を外して魔力を全て開放することを指し、命を落とすこともあるという。

　それを今、起こしたと言った。加護暴走を見たことなどないが、非常に危険な状態であったことは言うまでもない。

「物心ついた時から兎を探していた私は、守るべき兎が傍にいないことによる心労で暴走を起こした。暴走自体は何とか収まったが、オーウェン殿から生まれたばかりの君が兎の加護持ちであり、今の私では会わせるわけにはいかないと言われたよ。その日から、ラナ、君に会うために、守るために生きてきた。君の訃報が届くまでは」

　その表情は悲痛に満ちており、手は固く握り込まれている。

「だが、ラナを保護した時、私は改めて生きる意味を得たんだ。ラナのために生まれてきたのだと確信した。今度こそ、守らなければと」

　竜という加護だけではなく、血筋にも刻まれ、魂に宿った役目であり、本能から来る庇護《ひご》欲。改めて本人から言われると、胸が締め付けられ、苦しくなる。この恋は報われることはないのだと突き付けられているから。

　あの裁判の時に言ってくれた言葉は、最期だからと人に愛されているということを教えようとしてくれているのだと、竜から兎への言葉だと思うことにしたのだ。何より、この想いは許されないもの。そうであるべきなのに、彼は終わらせてくれはしない。

「そう、思っていた」

「……」

アーネストは、庇護欲ではないと、今は違うのだと言っているかのようだった。

そんなことあるはずがない。

この想いは叶わないのだと蓋《ふた》をするだけで、それだけで、良かったのに。期待させないでくれと心が張り裂けそうだった。

「すれ違いをしたあの日、私は自室に戻って、ライゼルドやリンセントに嫉妬《しっと》した理由を考えた。そこで、ラナが私を理由に慣れることができたと言ったのを思い出し、私はこの思いが庇護欲などではないことに気付いたんだ」

アーネストがあの後にそんな葛藤をしていたなど思いもしなかった。次の日には何時も通りに接してくれていて、そんなそぶりを一切見せなかった。なのに今、確実に彼は『庇護欲ではない』と言った。ずっと抑え込まれていた期待と言う名の種が芽吹いたのが分かる。

アーネストの熱のこもった視線と絡み合った。

「ラナ、君に恋をしたのだと」

「ッ！」

「ラナと過ごす中で、君の誠実さや優しさ、必死に立ち直ろうと努力する強さに惹《ひ》かれていることに気付いた。竜の加護持ちとしての役目など関係なく、そんな君と、ずっと共に在りたいと思った。この想いは、私自身が導き出した、私だけの想いだ」

本当に、どこまでも真っすぐな人だ。繕うことなく、ラナへ向けて言ってくれている。その瞳に宿る熱は、どんなものよりも熱い。

けれど、どんなに嬉しくても、その想いに応えるわけにはいかない。いくらアーネスト自身が示してくれていたとしても、それだけは駄目だ。

「だめ、です」

「なぜ、」

「だって、アーネスト様と、私では、違い過ぎる、から。立場も、教養も、何も、かも……」

アーネストは由緒正しいドラグディア公爵家の現当主であり、帝国騎士団団長。そして竜の加護持ち。

対してラナは、一応ラヴィアライトの籍に入っているとはいえ、元は没落寸前の伯爵家令嬢。勉強中の身とはいえ公爵夫人としての知識も教養も全くなく、学園に通ったこともなければ、社交界デビューだってしていない。両親も身分違いと反対されたのに結ばれたのは父が伯爵家の嫡男で、十分に伯爵位が機能していたからだ。いくらクロードが立て直すとは言っても、現在の伯爵家は伯爵位なんてあってないようなもの。

悲しくなるほどにアーネストと釣り合っているとは思えなかった。

アーネストの顔を見れず、うつむいて掌を握りしめながらぽつぽつと話す。今、彼の顔を見てしまえば、きっと大好きだと知られてしまうから。

すると、握り締めていた手がアーネストの右手に取られる。彼の左手はラナの頬《ほお》に添えられ、顔を上に向けられた。真っすぐにラナを射抜く金の瞳とかち合う。

「違い過ぎるなんて言わないでくれ。君の目の前にいるのは『ラナ』という一人の女性を愛するただの男でしかないんだ」

「でも、」

「私はこれからの人生を君と共に生きていきたい」

言いたいことは沢山あるはずなのに、彼の熱い瞳が言葉を発することを許してくれない。

「私の全力をもって、君を否定し、危害を加えようとする者たちから君を守ろう。どんなに私が言葉や態度を尽くしても君が立場や教養を気にするのなら、気にならないよう私が君を支えよう。だから、ラナ。私の隣を歩き、私の心を支え、守って欲しい」

「アーネスト様の、心、を？」

「ああ。私の心を支え、守れるのはこの世界でただ一人……ラナ、君しかいない」

もう、抑えることなどできなかった。ここまで言われて、そんなに愛を伝えられて、拒否することなんてできはしなかった。

「ラナ、どうか、婚約を前提とした恋人になって欲しい」

その告白は、最後の壁を壊してしまうのに十分過ぎた。夢であるならば、冷めないでくれと強く願う。叶うことのなかったはずの、得られないと思っていたものが今、目の前にあった。

すぐにでも、「はい」と言ってしまいたい。その想いに報いるだけの言葉を送りたい。

しかし、その前に伝えなければならないことがあった。

「あの檻《おり》の中で、アーネスト様を見た時、初めて感じたのは、『もう大丈夫』という安心感、でした」

暗くて寒い檻の中でアーネストは唯一の光だった。けれど、次に起きた時、その光は光ではなく、恐怖の対象へと切り替わっていた。

「でも、助けてもらって、おきながら、私は、アーネスト様や使用人の皆さんの、ことを、信用できず、警戒ばかりしていました。本当に、ごめんなさい」

ずっと、ずっと、言いたかったことだった。真っ先に伝えるべきだったはずの言葉だ。

公爵邸で生活していく中で謝るのではなく、感謝を伝えるべきだと思ったから、お守りを渡した時に『ごめんなさい』とは言わなかった。拒絶してしまった罪悪感が心の片隅にあったが、ここで謝ってしまえば、彼らのことを否定してしまうのではないかと思ったのだ。彼らの厚意を、無駄にしてしまうのではと。だからこそ、アーネストに伝える。全てを受け止めてくれると確信していたから。

アーネストは何も言わずに言葉を待ってくれている。それこそが、受け止めてくれている証だった。

「アーネスト様と過ごして、知っていく内に、アーネスト様の、ことを、す、好きに、なっていき、ました。それで、ここでランタンを、飛ばしたあの日、私は、アーネスト様に、ここ、恋を、しました！」

顔が熱くなってくるのが分かる。きっと、リンゴのように赤く染まっているだろう。それでも、アーネストが言ってくれたのだから返さなければと、仕舞い込んでいた想いを口にする。一生伝えるつもりはなかった、この想いを。

「だ、だから、その、よ、よろしく、お願い、し、ましゅ！」

恥ずかしさにより、段々と瞳が潤んでくる。その想いに返した瞬間、温かな体温に包まれた。

「ラナ、ありがとう」

「アーネスト、様……」

アーネストはラナの額に一つ、口づけを落とす。アーネストにされたことを理解した瞬間、それまで以上の熱が顔に集まる。口付けられた場所の感覚がいやでも状況を伝えてきた。

「こっちは、また今度、な」

「……？　～～～ッ！」

彼はラナの唇に人さし指を当てる。言葉の意味が分かると、恥ずかしさで言葉にならず、口ははくはくとだけ動く。アーネストはクスクスと笑い、再度、ラナを腕の中へ閉じ込める。

アーネストの温もりを感じながら、昔、母が教えてくれたことを思い出した。

『とても怖くて辛《つら》い思いをしても、竜と虎の使徒様がきっと守ってくださるわ』

（お母様。お母様の言葉通りでした。私は確かに、竜の使徒様と虎の使徒様に助けていただきました。ありがとう。大好きです、お母様。私、生きて、生きて、幸せになりますね）

母の言葉は嘘《うそ》ではなく、どこまでも幸せを案じてくれていたのだと、亡き母を想う。

綺麗《きれい》な夕日と、空に浮かぶ月、そして一番星が二人を祝福するかのように照らしていた。

【終章】

今日《きょう》、アーネストはラナを連れて、太皇太后《たいこうたいごう》のエリアティーナの元へ赴いていた。

エリアティーナからラナへ茶会の招待状が届いたのだ。それには『素敵な騎士さんも一緒にどうぞ』と添えられていたため、お礼を伝えたいラナと共にアーネストも同行することになった。

午前十時。指定された場所は帝都郊外の自然に溢《あふ》れたエリアティーナの屋敷。到着すると、屋敷の侍女に中庭にある四阿《あずまや》へと案内される。

「ようこそいらっしゃいました」

「お、お招きいただき、ありがとう御座います。ラナ・フィアール・M・ラヴィアライトです。こちらは本日、私の騎士として、来ていただいた、ドラグディア公、です」

「アーネスト・カインフォレスト・ドラグディアです。太皇太后陛下にお会いでき、光栄です」

「ふふ、そんなに硬くなさらないで。さぁ、お座りなさい」

エリアティーナに従ってラナが座り、アーネストはラナの後ろに立つ。今回は名目とはいえ彼女の騎士として来ているため、座るわけにはいかない。

「あの、裁判の時、証言をしてくださり、本当に、ありがとうございました」

「まぁ、そんなこと。いくらでも構いませんよ。こんな老いぼれが役立つなら」

「ですが、」

「でしたら、ラナちゃん、と、呼んでも構わないかしら？　公の場では駄目だけど、わたくしのことはティナおばあちゃんと呼んで頂戴」

「はい、もちろんです」

「ありがとう。では、ラナちゃん、今日は来てくれてありがとう」

「こちらこそ、ありがとうございます」

まさか、自身のことを『ティナおばあちゃん』と呼ばせるとは思ってもみなかったが、ラナは無事にお礼を伝えられ、二人は一気に仲良くなったようだ。

そこから話されるのは最近何をしたのかといった、ただの世間話。中でも驚いたのがエリアティーナが声を出して笑ったことだ。今でこそ表立って出てはこないが、裁判の時にはまだその風格は健在であったし、子供の頃《ころ》に母に連れられて会った際はさらに厳格だった。ラナの前でだけこんな、穏やかな様子を見せるのだと悟る。

「それで、今回呼んだのはお話ししたかったのと、貴女《あなた》に教えたいことがあったの。ラナちゃん、貴女の名前は誰に付けてもらったと思う？」

「えっと、お父様か、お母様、でしょうか？」

まず思い浮かぶのはその二人だろう。だが、否定するようにエリアティーナは首を横に振る。

「貴女の名前を付けたのは、メイラよ」

「曾祖母が、ですか？　でも、曾祖母は寝たきりで、そのまま……」

事件に際し、ラナの家族関係は全《すべ》て調査済みのうえ、ラナにも伝えてあった。

「奇跡が、起きたのよ。メイラは病で寝たきりになり、呼吸するのがやっと。けど、ラナちゃん、貴女がその奇跡を起こしたのよ」

「わたし、が？」

「ええ。ディランとイザベラータが生まれたばかりのラナちゃんをメイラに見せに来た時だったわ。その時、わたくしやメイラの夫のセシル、クロードもいたわね。ラナちゃんをメイラに見せると、あの子、動かないはずの体を起こして、貴女を抱き上げて『この子の名前は？』って聞いてきたの。まだないことを伝えたら『じゃあ、ラナちゃん』って、嬉《うれ》しそうに笑ったわ」

おそらく、エリアティーナは亡きメイラの分もラナのことを『ラナちゃん』と呼び、可愛《かわい》がると決めているのだろう。でなければ、自身のことを『おばあちゃん』と呼ばせて『ちゃん』付けで呼ぶような人ではない。

「わたくしは、あれ以上に綺麗《きれい》で、素敵で、素晴らしいものを見たことがないわ」

今でもその様子は彼女の中に鮮明に焼き付き、消えることのない綺麗な思い出なのだろう。

「そう、だったん、です、ね……。ひい、おばあちゃん……」

ラナの表情は見えないが、少し震える声に、涙を流していることだけは分かる。そっとその肩に手を置くと彼女の手が添えられた。

「教えてくださって、ありがとうございます。ティナおばあちゃん」

ラナの言葉にエリアティーナは嬉しそうに微笑《ほほえ》む。彼女のこの表情を引き出すことができるのはメイラとラナだけなのだろう。

その後、『ラナちゃんは孫のような存在だからいつでも来ていい』という言葉を頂戴し、お開きとなった。

屋敷に帰って来て、ラナを部屋まで送って執務室で仕事をしていると、部屋の扉が叩《たた》かれる。開けられた扉の先には一冊の本を持ったラナがいた。今日は執務室で読んでもいいかと聞かれたので、了承する。

その十数分後、やはり外出した疲れが出たのか、課題の本を読みながら寝てしまった。寒くないようにと騎士団服のペリースをラナにかけ、その隣に座る。リードは空気を読んだようで、ラナが寝てしまうといなくなった。

「すー、すー」

穏やかな寝息が、ラナが生きていることを知らせてくれる。ラナの頬《ほお》を軽く撫《な》でると、ラナは身じろぎをし、「んん……」と寝言を零《こぼ》した。彼女の寝顔を眺めながら、もうすぐ届くだろう品を見せた時のラナの反応に思いを馳《は》せる。

裁判後の伯爵邸を調査した報告書には、絵画などの高価なものは一切合切売却されていたと書かれていた。ラナにそれを伝えた際に、少し悲しい顔をしていたのだ。本人は大丈夫と言っていたが、何とか理由を聞き出し、秘密裏に捜索をしていた。

今回入手した絵画はラナにとって一番思い出深いもの。セシル、エリアティーナ、クロード、ディラン、イザベラータ、そしてメイラとメイラに抱かれているラナを描いた家族画だ。絵の裏には『セシル・ミーシェ』と記入されており、『私の宝物』と題されていた。

これが無事に取り戻せたのは僥倖《ぎょうこう》だった。他《ほか》にも取り戻すべき品はあるが、それは立て直しに燃えていたクロードに任せ、ラナとの時間を過ごすことに専念しよう。

髪を梳《す》きながら頭を撫でるが、よほど疲れたのか起きる気配はない。サラサラと指通りが良い髪は切り整えたばかりの頃よりも伸びており、それがラナ自身の成長のようで嬉しさから口元が緩む。

「ラナ、私と出会ってくれて、ありがとう」

髪を一房手に取って口付けを落とす。

昼の空に浮かぶ月だけが、二人の様子を穏やかに見守っていた。

あとがき

初めまして、篝ミカゲです。

『竜の加護持ち騎士団長はハズレ持ち令嬢を守りたい』を手に取ってくださり、ありがとうございます。お楽しみ頂けましたでしょうか？

今回、人生で初めて書籍化させて頂き、未だにドキドキとワクワクで胸をいっぱいにして、ソワソワしながらこのあとがきを書いています。

最初、どんなお話を書こうかと考えていた時、最後に思い付いたネタがこのお話でした。

私自身、日本の昔話や逸話、このお話だと十二支ですね。昔からそういったものが好きな性質でして。それで、ふと、「十二支と令嬢ものを掛け合わせたらどんな物語ができるんだろう」というちょっとした疑問と大きな好奇心が芽生え、担当編集様に他のネタと一緒にお送りしたら、「十二支のネタで行きましょう」ということになり、今に至ります。

まぁ、世界観的に卯と辰を兎と竜にして、設定もいっぱいつけたわけなんですが……そこは世界観上のご愛嬌ということで。それに、今回十二支を素材にするにあたって、少しだけ調べてみました。すると、国によって所々日本の十二支とは違う動物が十二支としてあることが分かりまして、「じゃあ変えても大丈夫だな！」と安心したのと、とっても勉強になりました。

書いていく中で設定的にはあまり問題はなかったのですが、アーネストの口調に本当に苦労しました。私自身が極端な性質なので、アーネストの口調が担当編集様から見た時に硬すぎて、「ラナに話しかける時は、もっと柔らかくお願いします！」と何度も指摘して頂いて、徐々に徐々に柔らかくなった結果が本編のアーネストです。本当にいい塩梅にするのにどうすればいいのかと悩みに悩みましたね。後は、結構日常話な所と暗めの所があって、そういう内容の話はあまり書いた経験がなかったので、少し苦戦しました。けれど、とてもいい経験になったと思います。書いていく中の苦労はつきものですが、それすらも楽しくて仕方がなかったです。それと、『和』を素材に『洋』を書くのも大変楽しかったです。

でも、やっぱり不思議なもので、自分でも確認はしていたんですが、どこがおかしいのかという箇所が分からないんです。人に読んでもらうことの重要性は昔から知っていましたが、改めて身に沁みました。今、一番最初に書ききったものを見てみると酷い有様で、構想段階と実際に書くのとは大きく違ってくるというのが今回の大きな収穫の二つですね。また後半でも書かせて頂きますが、担当編集様には頭が上がりません。

本当なら、謝辞をと行きたいところですが、実は今回、沢山のあとがきページを頂きまして、せっかくなので最近の話をしたいと思います。

これを書いているのは夏、と言っても大暑の終わりで立秋手前ですが、私には夏になる度に楽しみなことがあります。それは、ホラー番組を見ること！　怪異や霊などのホラーが好きで、よく動画を漁っています。でも、ホラー番組は夏にしかなくて、毎年それを楽しみにしています。背筋がぞわぞわぁってなって、面白いんですよね。

ただ、お化け屋敷や肝試しには絶対に、何が何でも行きたくないです。驚かすのは好きですが、幽霊であろうと人間であろうと自分が驚かされるのが大っ嫌いなので。人のを見てるのが一番です。

後はホラーゲーム実況を見ることですね。特に好きなものは何回も繰り返し見ています。冬に見るのも好きですが、夏だとやっぱり格別ですね。とっても楽しいです。

いつか、ホラーというか、怪奇とかを入れたお話も書きたいものです。

小説の話からズレましたが、雑談にお付き合い頂き、ありがとうございます。

ここからは謝辞を。

担当編集様。今まで趣味でしか書いてこず、何もかもが初めてだった私を導いてくださり、ありがとうございます。一から、どこが問題なのか、どうすればより良い作品になるのかを一緒に考えたり、アドバイスをくださったりと感謝しかありません。本当にありがとうございます。

イラストを担当してくださった三浦ひらく様。私にファッションセンスがない所為で多くをお任せ状態にしてしまいましたが、キャラクターデザインから始まり、ラフ画、表紙などを拝見させて頂いた時は語彙が溶けてしまうほどに素晴らしかったです。私が望んでいたラナやアーネスト、登場人物たちの雰囲気を百二十%以上に表現して頂き、本当にありがとうございます。最高です。

さらに、担当編集様、三浦ひらく様だけではなく、出版社様、校正様など本作に携わってくださった全ての方々、何より、読者の皆様に心から感謝致します。

どうか、皆様の心に幸せが咲き乱れますように。

篝ミカゲ

IRIS 一迅社文庫アイリス

引きこもり令嬢と聖獣騎士団長の聖獣ラブコメディ！

『引きこもり令嬢は話のわかる聖獣番』

著者・山田桐子
イラスト：まち

ある日、父に「王宮に出仕してくれ」と言われた伯爵令嬢のミュリエルは、断固拒否した。なにせ彼女は、人づきあいが苦手で本ばかりを呼んでいる引きこもり。王宮で働くなんてムリと思っていたけれど、父が提案したのは図書館司書。そこでなら働けるかもしれないと、早速ミュリエルは面接に向かうが――。どうして、色気ダダ漏れなサイラス団長が面接官なの？　それに、いつの間に聖獣のお世話をする聖獣番に採用されたんですか!?

IRIS
ICHIJINSHA

竜《りゅう》の加護《かご》持《も》ち騎士《きし》団長《だんちょう》は ハズレ持《も》ち令嬢《れいじょう》を守《まも》りたい

2024年10月１日　初版発行

著　者■篝 ミカゲ

発行者■野内雅宏

発行所■株式会社一迅社
〒160-0022
東京都新宿区新宿3-1-13
京王新宿追分ビル5F
電話03-5312-7432（編集）
電話03-5312-6150（販売）

発売元：株式会社講談社
（講談社・一迅社）

印刷所・製本■大日本印刷株式会社

ＤＴＰ■株式会社三協美術

装　幀■小沼早苗（Gibbon）

ISBN978-4-7580-9676-8

●この作品はフィクションです。実際の人物・団体・事件などには関係ありません。

この本を読んでのご意見
ご感想などをお寄せください。

おたよりの宛て先

〒160-0022
東京都新宿区新宿3-1-13
京王新宿追分ビル5F
株式会社一迅社　ノベル編集部
篝《かがり》 ミカゲ 先生・三浦《みうら》ひらく 先生